きまじめ令嬢ですが、王女様（仮）になりまして⁉

訳アリ花嫁の憂うつな災難

伊藤たつき

23082

角川ビーンズ文庫

Contents

序章 …… 007
第一章 …… 010
第二章 …… 037
第三章 …… 089
第四章 …… 135
第五章 …… 170
第六章 …… 193
終章 …… 233
あとがき …… 254

Kimajime Reijo
desuga,
Oujo sama (kari) ni
narimashite!?

✦ レオン ✦
ファーストデンテ国の
国王。
ローラの結婚相手。
✦ ユリア ✦
ヨルン国の近衛隊員。
何でもできるが、
ある事件がきっかけで
男性が苦手に。
きまじめ令嬢ですが、王女様（仮）になりまして!?
訳アリ花嫁の憂うつな災難

Characters

✢ ローラ ✢

ヨルン国の王女。
崖崩れの事故でユリアと
体が入れ替わってしまう。

✢ ファイン ✢

ホラクス国の王子。
ローラに想いを寄せている。

✢ ルクルス ✢

ホラクス国の軍人。
ファインの付き添いとして
同行している。

本文イラスト／蓮本リョウ

序章

「ううっ……」

頭が割れるように痛くて、ユリアは目が覚めた。

最初に目に入ったのは、緻密な絵柄が施された天井画だ。

見た事のない絵で、いったい自分はどこにいるのだろうと、首を傾げる。

ヨルン国騎士団、近衛隊所属の軍人、ユリア・クロジッド、それが自分だ。

十六歳で入隊し、一年ほど経つ。背中のふわふわした感触からすると、そんな自分に似つかわしくない、柔らかくて高価なベッドで寝ているようだ。

起き上がろうとしたが、あちこち痛んで顔をしかめる。

「ここはどこだ？　あの天井画、ふわふわのベッド。それにこの部屋……」

首を動かして辺りを見回すと、花柄の壁と大理石の床が目に入る。いまいる部屋は貧乏貴族の自分の部屋より十倍は広い。調度品も高価で、あちこちがきらきら輝いて見えた。

「ヨルン国の城にある客間に似ているけど、調度品の趣が違うな」

軍学校にいた頃、いかなる事態にも常に冷静に対処するよう訓練された。

見知らぬ場所で目覚めてもうろたえないよう、精神面も鍛えている。

何とか起き上がってもう一度辺りを見回した。ベッドサイドのテーブルに手鏡があるのに気づき、頭が痛むのは怪我でもしているからかと、それを取ってのぞき込む。

「なっ……！」

我が目を疑った。鏡には見慣れた自分の顔ではなく、別人の顔が映っていたからだ。

父親譲りの赤毛の長い髪を一つに結び、意志が強そうだとよく言われる緑の瞳。

訓練で日焼けしたそばかすだらけの顔は、悪くもないが特別美人でもない。

長身細身で鍛えた体つき。それが自分だ。

しかし鏡には金色の長い巻き毛に愛らしいすみれ色の瞳、陶器のような白い肌を持つ、美しい目鼻立ちの女性が映っている。この顔はよく知っていた。

大陸一の美少女と名高い、ヨルン国の王女ローラだ。なぜ鏡にローラの顔が映っているのか理解できずに眉根を寄せる。すると鏡の中のローラもしかめっ面をした。

（ローラ姫はこんな表情をしても可愛いんだ……いや、そうじゃなくて！）

あまりの事に、頭が現実逃避をしているようだ。しっかりしろと自分に言い聞かせて、鏡を膝の上に伏せ、混乱する頭で必死に考えた。

「落ち着け。わたしはユリア・クロジッド。十七歳。ヨルン国騎士団の近衛隊、第三小隊隊員。最近まで謹慎していたけど、特別にローラ姫の結婚式までの護衛を命じられてファーストデンテ国に向かっていた。それから……」

思い出そうとすると、頭痛がひどくなる。

もう一度鏡で確かめなければならないとわかっていたが、どうにも手が動かなかった。

「……頭が痛いという事は、頭を打った？　そうか、それが原因で起こった幻覚を見たんだ。ローラ姫は可愛くて優しくて、大陸中の女性から憧れられる存在だ。きっと彼女になってみたいという気持ちがわたしの中にもあって……。うん、そうだ。きっとそう！」

何とか導き出した答えでどうにか自分を納得させて、再び鏡を持ち上げる。

「きっと、今度はわたしの赤毛でそばかすのある顔が映って…………………ない！」

鏡に映っているのはやはり、金髪のローラの愛らしい顔だ。

信じられなくて俯くと、金色の艶やかな髪がはらりと膝に落ちた。

手に取ると、性格と同じいつもの太い直毛ではなくて、柔らかでつやつやの髪だった。

顔を触ると、日焼けして乾燥した肌ではなく、つるつるのゆで卵のような感触だ。

鏡の中のローラも頬を触って、目を見開いている。

「いったい、どういう事だ……!?」

いかなる時でも冷静にと訓練されているが、これはさすがに許容範囲を超えている。

なぜこんな事になってしまったのか。ユリアは痛む頭を押さえて、思い出そうとした。

何もかもの始まりはそう、三ヶ月前の事だった。

第一章

「お前はすごいよな、ユリア・クロジッド」

同僚のジョージの言葉に、ユリアは眉根を寄せた。

「任務中に私語は厳禁でしょう。持ち場に戻ってください」

「誰も来やしないさ。俺は近衛隊に入隊して十年以上経つが、ずっとこの蔵書室の警備をしているんだぜ。その間、侵入者なんて一人もいなかった」

蔵書室があるのは、ヨルン国の城内でも一番隅にある建物だ。

ここは資料などを置いてある倉庫で、夜はまったく人気がない。

自分は蔵書室の入り口の警備、ジョージは蔵書室がある建物の入り口を警備している。

だから本来なら、ジョージは外で見張りをしているはずだった。

一晩中の見張りは確かに退屈ではあるが、持ち場を離れて暇つぶしにお喋りしにくるのは頂けない。

なるべく相手をしないようにしているが、ジョージは気にした風もなく話し続けた。

「騎士団でもエリート集団の近衛隊に入れた時は一族総出でお祝いしたのに、十年経っても見張りしかやらせてもらえないんだぜ。それに比べて、お前は明日からローラ姫の警護をするんだろ。入隊から一年も経たないのに、王族の警護を任せられるなんてすごいな」

ジョージの言葉は賛辞のように聞こえるが、目は笑っていなかった。

「無視するなよ、ユリア。お前は軍学校では剣術も体術も勉学も首席で、隊長がぜひ近衛隊にって抜擢したそうじゃないか。騎士団の女性隊員の中でも一番の出世頭で、あと数年で小隊長を任せられるって噂だ。いいよな～」

ジョージが探るような目をこちらに向けた。

「真面目で勉強もできて剣術も得意で、上官の覚えもめでたい。本当に完璧だよな。気になるんだけど、そんな完璧なお前にも弱点とかあるのか？」

どきっとしたが、顔には出さなかった。黙っていると、ジョージが右手を上げた。

「おい、聞いているのか？」

肩に手を置くつもりだと悟って、それとなく一歩横にずれてその手を避ける。

「仕事に戻ってください。隊長に報告しますよ」

冷たい視線を送ると、ジョージはむっとした顔つきになって背を向けた。

「わかったよ。本当にお前って真面目で融通が利かないな。ああ、つまんねー」

ぶつぶつ言いながら、ジョージが廊下の角を曲がって持ち場に戻っていった。

ようやく姿が見えなくなって息をつく。

亡くなった父の遺志を継ぐ為、軍人になった。

努力と運の良さもあって、騎士団でも選りすぐりの軍人を集めた近衛隊に入れた。夢を叶える為に、最短の道を進めている。しかし、人生うまく行く事ばかりではない。

「危なかった。あの事がばれたら、軍人生命が終わる。気をつけないと」

気を引き締め直して、背筋を伸ばした。見張りを続けていると、ふいにガタッと何かの音がする。そちらに顔を向け、視線を鋭くした。

「誰かいるのか！」

人の気配はなかったが、頭の中で警告音が鳴る。

腰の剣に手をかけて、音がした廊下の曲がり角へと駆け寄った。

「誰だっ」

曲がり角の向こうに人がいた。黒いマントにフードを被っていて顔はわからない。背丈からすると男性だろう。剣を抜こうとすると、男にさっとその手を握られた。そのまま背後に回られて、口を塞がれる。

「あやしい者じゃない。用があって来ただけだから騒がないで」

落ち着いた低い声だった。何かその後も話していたが、耳には入ってこなかった。声からも体格からも彼が〝男〟だというのは明らかだったからだ。

「うわぁぁぁぁ！」

体中に虫が這ったような感覚があって、総毛立った。ぶつぶつとじんましんが出る。耐えられなくて、渾身の力で男の手を振り払った。

「男がわたしに触るな！」

全身の力を込めて、男の顔を殴りつけた。

渾身の一撃は見事にヒットして、男が二、三歩後ずさる。

殴られた勢いで、フードが取れて、男の顔が見えた。その顔には、見覚えがある。

「まさか、レオン王……？」

思わず呟く。侵入者はヨルン国の隣にあるファーストデンテ国の国王そっくりだ。

一度しか見た事がないが、〝大陸の太陽〟だと噂されるレオンは見目麗しく華やかな容姿だった。背が高く細身で、茶色の長い髪を一つにまとめ、自信に溢れた灰褐色の瞳。

まだ十九歳だが、国王としてファーストデンテ国を治める手腕は、他国の王族達からも賞賛されている。

数ヶ月前に行われた、他国の貴族や王族を招いたパーティーで、ローラとレオンが踊ったのを見た事があった。

男はそのレオンとうり二つだが、ファーストデンテ国の国王がヨルン国を訪れているなんて聞いていない。本物かどうか疑っていると男が殴られた顔を撫でながら微笑んだ。

「私を後ずさらせるなんて、なかなかいい拳だね。ヨルン国の兵士はよく鍛えられているようだ。……おや、その顔の発疹は何だい？　じんましんかな？」

レオンそっくりの男が、こちらをまじまじと見つめた。

はっとして、慌てて腕で自分の顔を隠す。軍学校でも近衛隊に入ってからもずっと隠し通してきたのに、こんなところでばれるとは思わなかった。

「関係ないでしょう。……何者だ！」

ファーストデンテ国の国王のはずはないと思ってそう叫んだ。

左腕で顔を覆いつつ右手で剣の柄を握ると、男はふっと笑う。

「レオン王と呼んだだろう。知っているのになぜ聞くのかな。それよりそのじんましんはどうしたんだい？　以前、妹が蜂に刺されて、生死の境をさまよった。それ以来、蜂を見ただけで怖がってじんましんが出るようになった。それによく似ているけど」

男は腕を組んで、観察するようにこちらをじっくり見つめた。

「ち、違う……！」

「いいや。恐怖のあまり出る精神的な発作だと医者は言っていた。妹の恐怖の対象は蜂だったけど、君の恐怖の対象は……」

「黙れ！　レオン王が我が国を訪れたとは聞いていない。本物のはずがない！」

混乱していたのか強気な言葉が出た。しかし男はうろたえるそぶりさえ見せない。

男が片目を瞑って、人差し指を口元にあてる。

「内密の訪問なんだ。ヨルン国の国王と秘密裏に話し合いがあってね。だから私を見た事は内緒にして。実はその話し合いに必要な資料が蔵書室にあると聞いて、閲覧したいので通してくれないかな」

にこやかな表情と声だった。あやしいそぶりも、慌てている様子もない堂々とした態度だ。しかし頭の中で油断するなと警告音が鳴る。

軽い印象の口調と態度だが、見かけにだまされるなと。

体や指先の動きまで、彼には隙がない。こんな人物を知っている。剣の達人と呼ばれる者達だ。いつでも攻撃に移れるように相手の数歩先を読む彼らは、まったく隙がない。

(この雰囲気から察するに、戦ったらわたしが負ける……)

剣には自信があるが、直感がそう囁いた。

目の前の男からは、笑顔の下に隠した殺気が伝わってくる。

ファーストデンテ国の国王は、国で一番の剣の使い手だと名高い。

もし彼が本物だとしたら、これだけの圧倒的なオーラを放つ理由も納得できる。

内密の会見なら、国王の訪問を近衛隊の隊長しか知らされていないのも頷けた。

「急いでいるから、失礼して通してもらうよ」

片足を踏み出したレオンの前に、立ちはだかった。

「……お通しできません」

「なぜ？　私は本物のファーストデンテ国の国王、レオンだ。あやしい者ではないよ」

「あなたが本物のレオン王だとしても、許可のない者を通すわけにはいきません」

レオンが片眉を上げた。

「融通が利かないタイプなんだね。それだと生きづらくない？」

余計なお世話だと心の中で叫んだ。レオンが苦笑する。

「じゃあ、通してくれれば、殴った事は報告しないであげるって言ったらどうかな？」

言葉は魔法のように、心をざわつかせた。それを見透かしたのかレオンが話を続ける。

「一兵士が隣国の国王を殴ったと知られたらまずいよね。頬が赤いのはなぜか聞かれたら、ヨルン国の兵士に殴られたと言ってしまうかも。そうしたら君はどうなるかな？」

ただではすまないだろう。軍人生命にも関わる。いや、悪くすれば投獄されるか、処刑されてしまうかもしれない。レオンの悪魔の囁きが甘く耳に届く。

「もちろん、内密に通してくれれば、殴った事も君が内緒で通してくれた事も誰にも言わない。二人だけの秘密だ」

魅力的な言葉だった。保身の為には、黙って通すべきだ。

軍人として身を立てたいなら、彼の囁きに頷けばいい。

一度俯いてから顔を上げる。

「……蔵書室には許可のない者は入れません。たとえレオン王でもです」

毅然と言い放つ。これからどうなるか考えると怖じ気づきそうだったが、規則は規則だ。

ヨルン国に忠誠を誓った身としては、保身の為に規則を曲げる事はできない。

レオンはふいに真顔になって目を見開いた。しばらくして、ふっと笑う。

「……なるほど。そうか。ならいい」

身構えていたが、あっさり身を翻したレオンに拍子抜けした。

彼はそのまま廊下を歩いて、曲がり角を曲がる。

彼の姿が見えなくなってから、ようやく息をついた。

じんましんが引くのにしばらくかかる。

かゆみを堪えつつ、警備が他に誰もいない事にほっとした。

「何だったんだ、いったい……。それにずっと症状が出ないように気をつけていたのに」

レオンが言っていた事は当たっている。こんな症状が出るのは、過去の衝撃的な経験のせいだ。その経験のせいで、自分には怖いものが一つだけある。

絶対に他人にそれを知られてはならないので、ずっと隠してきた。

ようやくじんましんが引いて、気持ちが落ち着いた。

「他国の国王を殴ったのだから、処分されるのだろうか。でも……夜中にこっそり蔵書室に忍び込もうとしたなんて、レオン王も自分の立場を考えて言わないはず。これでよかったんだ。きっと大丈夫。処分なんてされない」

間違った事はしていないと自分に言い聞かせて、任務の為に夜の闇に目を光らせた。

「いつになったら、謹慎処分が解けるの？　ユリア」

　自宅で食事をしていたユリアは、母の言葉に思わず息をついた。

「さあ。わたしにもわかりません」

「わかりませんって、もう二ヶ月も仕事していないのよ。お父様が亡くなって、一人娘のあなたが家を継いだの。あなたが働かないと、生活を維持できないわ。まったく、レオン王を殴るなんて、どうしてそんな馬鹿な真似をしたの」

　嘆く母の言葉で、レオンの顔が頭に浮かんだ。彼の事は思い出すだけでも腹立たしい。

「……レオン王が夜中にこっそり蔵書室に忍び込もうとしたからです」

「でもレオン王は、陛下との密談の前に風に当たりたくて散歩していただけと言われたんでしょう。それで蔵書室がある建物に迷い込んでしまったと。それなのに、あなたが勝手に侵入者と勘違いして、顔も確かめずに殴りかかったって」

　どこをどうねじ曲げたらそういう話になったのか、さっぱりわからない。

　あの騒動の次の日、隊長に呼び出されて聞かれたのだ。レオン王を殴ったのかと。

　本当の事なので認めた。レオン王は無断で蔵書室に入ろうとしたと訴えたが、信じてもらえなかった。結果、処罰を受けたのは自分だった。

「蔵書室に忍び込もうとなさったとしても、相手は国王なんだから逆らわずに入れて差し上げればよかったじゃない。何で殴ったりしたの？　まさか、あの病気がまだ……」

「違います。不審者だと思って攻撃しただけです」

　母には心配をかけたくなかった。だから本当の事は言えない。

「それにいくら他国の国王でも、許可がないのに蔵書室に通すなんてできません。それはわたしの職務規定に反します」

「その融通の利かないところ、お父様そっくり！」

「尊敬しているので、父さんにそっくりでけっこうです」

　言い返すと母は怒って部屋から出て行った。あの夜の事は、いまでも後悔はしていない。

　真実をねじ曲げて告げ口したレオンの事を考えると、怒りのあまり頭が沸騰しそうだ。

（隊長には殴ったのにはそれなりの理由があるだろうと聞かれた。理由によっては処分しない方向に持ち込めるかもと。でも言えなかった……。男性恐怖症で、男に触られるとじんましんが出て、相手を攻撃してしまうなんて）

　自分が唯一怖いもの。それは〝男性〟だ。

　レオンの指摘通り、あのじんましんは精神的なものだった。

　子どもの頃、軍人だった父と一緒にいた時に命を狙われた。

男達に囲まれて殺されかけたのだ。それ以来、心構えなく男性に触られるとじんましんが出て、つい相手を攻撃してしまう。

軍人は心身ともに健康なのが第一条件だ。これが知られたら、退役させられるだろう。だから軍学校でも近衛隊に入ってからも、ずっと隠し通してきた。

(殴った理由を言えば、情状酌量されるかもしれない。でも軍人として不適格だと退役になる可能性が高い。だけどこのままもまずい。謹慎処分が長引けば、強制退役になる)

「レオン王。許可なく蔵書室に侵入しようとしたくせに、告げ口とは卑怯な……!」

思わず恨みがましい言葉が出た。考え込んでいると、トントントンッとノックの音がする。返事する間もなく母が顔を見せた。

「ユリア! 城からお迎えよ。もしかして……」

母は真っ青になっていた。自分もそうだ。

(とうとう、騎士団から退役を言い渡されるのか……!)

もしそうなら、今日で軍人生命は終わりだ。ショックのあまり呆然としていたが、迎えが待っていると母に言われて、すぐに自室に戻る。

いつでも任務に戻れるよう、軍服は準備してあった。

紺色の軍服を着られるのは、今日で最後かもしれない。国王を殴ったのだから処刑されないだけましだと同僚には言われた。しかし軍人としてやり残した事はたくさんある。

このまま退役になったら、悔しくてたまらない。

いろんな思いが心に渦巻いているが、軍服に袖を通して、深呼吸した。

何を言われても、最後まで軍人らしくあろう。ユリアはそう心に決めた。

近衛隊の屯所に連れて行かれると思っていたが、予想が外れた。

ユリアが連れて行かれたのは、きらびやかな装飾が施された、城の応接間だ。目を丸くしているとドアが開いて誰かが入ってくる。そちらを見て、思わず目を見開いた。

「お待たせしてごめんなさい、ユリア」

微笑んだのは、ヨルン国の第二王女ローラだ。

確か同じ年だったはずだが、自分とは中身も外見もまったく違う。大陸の輝く宝石のごとき姫君だと評判のローラは小柄で華奢だった。豊かな金色の巻き毛は腰まであり、澄んだすみれ色の瞳は、じっと見つめられると吸い込まれそうになるほど美しい。

陶器のような真っ白な肌と赤い唇。天使の微笑みは周りにいるどんな人達も魅了した。

「話をするのは初めてね」

「はい。ローラ姫」

跪こうとすると、ローラが手で制した。

「かしこまらないで。椅子に腰掛けてちょうだい。お茶を用意させるわ」

思わず目を瞬かせた。ローラを見かけた事はあるが、話した事はない。

順調にいけば彼女の護衛になるはずだったが、蔵書室の一件でその未来は絶たれた。

ローラに促されて椅子に座る。彼女が目の前に座った。

侍女がお茶を用意して、心得たように外に出る。ローラと二人きりになって緊張した。

(てっきり隊長に強制退役を命じられると思ってたけど、何でローラ姫が……？)

「突然呼び出して申し訳ないわ」

微笑むローラは同い年とは思えないほど愛らしい。守ってあげたくなる雰囲気を醸し出している。彼女は心優しくて民思いだと評判で、王族で最も民からの人気が高かった。

「いいえ。……何かご用ですか？」

戸惑っていると、ローラがふいに顔を俯けた。そして肩を震わせる。

「うっ……ううっ」

(な、泣いている……？　どうして？)

「ローラ姫、どうなさいました？」

「ごめんなさい。急に泣き出してしまって。実は、結婚する事になったの……」

おめでたい話だと思ったが、ローラは悲しそうに泣き続けている。

どうしていいかわからず、無礼だと思いつつ彼女の隣に座り、背中を優しくさすった。

しばらくそうしていると、ローラがハンカチで涙を拭う。

「ごめんなさい。驚いたわよね。突然泣いたりして。あなたには事情をちゃんと知ってもらいたいから、もう少し落ち着くまで待ってね」

ローラはしばらくしゃくり上げていたが、やがて泣きはらした目をこちらに向けた。

「ホラクス国が、ヨルン国を侵略しようと暗躍しているのは知っているかしら？」

その話はよく知っていた。思わず目を伏せる。

「はい。軍事国家ホラクス国は、他国を侵略する事で国を大きくしてきました。数年前から、彼らが次に狙っているのはヨルン国だという噂が広がり始めました」

「噂ではないの。確かな情報では、一年以内に侵略が始まる可能性が高いの」

ショックのあまり、息を呑んだ。噂がいつか現実になると予想はしていたが、侵略の魔の手がすぐそこまで迫っているとは思っていなかった。

ローラが落ち着こうとしたのか、息をつく。

「ヨルン国には質のいい宝石が採れる鉱山がいくつもあるでしょう。その宝石の利益で国も民も潤っているわ。だけど人口も少ないし領土も狭い。ホラクス国のような大国に攻め入られたらひとたまりもないわ。それで……お父様はファーストデンテ国に後ろ盾になってもらおうと考えたの」

大陸に八つある国のうち、軍事国家ホラクス国と経済大国ファーストデンテ国は並び立つほどの大国だ。確かにファーストデンテ国に後ろ盾になってもらえれば、ホラクス国はそうやすやすとヨルン国を侵略できなくなるだろう。

頭の中で、いままでの話と二ヶ月前の出来事が、一つに繋がったような気がした。

「さきほどご結婚なさると仰ってましたが、もしかしてお相手は……」

ローラが小さく頷いた。

「ファーストデンテ国のレオン王よ。結婚する事で彼らはヨルン国の宝石の流通を一手に引き受け、莫大な利益を得る。ヨルン国はファーストデンテ国に後ろ盾になってもらい、戦いを防げる。お父様とレオン王とで二ヶ月前に密談が行われて決定したの……」

なるほど、と心の中で納得がいった。蔵書室での事件の時、レオンは結婚について話し合う為にヨルン国に来ていたのだろう。

「ローラ姫はレオン王がお好きなのですか？」

レオンの印象は自分にとっては最悪だが、ローラが彼を好きならば、良い縁談だと思った。しかしローラは首を横に振る。

「レオン王とは、一度パーティーでご挨拶して、ダンスしただけ。それで好きになれと言われても無理があるわ。それにレオン王はとても女性に人気があるみたい。いろんな女性と浮名を流しているって聞いたわ。そういう方と結婚するのは……」

「気が進みませんか?」

ローラが黙り込んだ。本音が聞きたくてしばらく待つと、意を決したように口を開く。

「女性関係が派手なのは仕方ないと思うの。あれだけ見目麗しくて、国王という高い地位もある。お父様だって、お母様以外の女性と交際されている時もあるのよ。王族とはそういうものだと思っているわ。だけど三年前の事を聞いてから、レオン王が怖くて……」

「三年前の……ファーストデンテ国の内乱の事ですね」

ローラが目に涙をためて頷いた。

「前王がお亡くなりになった三年前、レオン王が即位すると決まっていたのに、叔父であるラインハルト侯爵が、王位を狙って反乱を起こしたと聞いたわ。即位したばかりのレオン王は十六歳だったけど、叔父の反乱をたった三日で終息させた。そして捕らえた叔父を目の前で処刑させたんでしょう」

叔父に加担した貴族や軍人も、厳しい処罰を受けたという。内乱を三日で制圧したレオンには、ファーストデンテ国だけではなく他国からも賞賛と畏怖が集まった。

「……いろいろ噂されていますが、レオン王は国王として本当に優秀な方です。レオン王が即位されてから、ファーストデンテ国は経済大国として更なる発展を遂げています」

少しでもローラの不安を和らげたくて、レオンの国王としての良い面を口にした。

「でも血の繋がった叔父を目の前で処刑するような方よ。そんな方に嫁ぐなんて怖くて。でも結婚は決定していて、一ヶ月後には結婚式の為に出発しないといけないわ」

「そんな……。それでは政略結婚ではないですか」

あんな性悪な男と結婚だなんてと、他人の事ながら怒りがわいた。

ローラが泣きそうな顔で微笑む。

「国を守る為だもの。私が嫁ぐ事でみんなを守れるなら、行くつもり。だけど、あの方が怖い。何か失敗したら、私も処刑されそうで……」

うるうるしたすみれ色の瞳で見つめられると、胸がぎゅっと締め付けられた。

「ローラ姫。わたしでお力になれる事があれば……」

思わず声を上げると、ローラは両手を胸の前で組んだ。

「本当に？　実はあなたにお願いがあって呼んだの。突然だけど、私と一緒にファーストデンテ国に行ってもらえないかしら」

その提案は予想外で、理解するのにしばらくかかった。

「わたしが……ですか。わたしは謹慎中で」

「知っているわ。でもぜひあなたにお願いしたくて。レオン王は物腰は柔らかいけど、とても芯の強い人のようよ。三年前の反乱の事もあって、ファーストデンテ国では誰も逆らえないんですって。そんな方のもとに嫁ぐなんて、怖くて……」

すみれ色の瞳にじわりと涙がにじんだ。それでもローラは泣くのを堪えて話を続けた。

「でもあなたは、レオン王に堂々と意見したと聞いたわ。彼を殴ったって。とても強いのね。あなたみたいに強い人に一緒に来てもらえたら、私のような怖がりでも頑張れると思うの。近衛隊の隊長には、あなたを復帰させてとお願いするわ」

ローラが懇願するように、さっとユリアの両手を握った。

「結婚式までいいの。結婚式が終われば私は王妃になる。あとの護衛はファーストデンテ国がするわ。結婚式が終われば覚悟も決まると思う。だからそれまで支えてほしいの」

ローラが両手を額に押し当てる。手も額もすべすべで柔らかい。

「ローラ姫のお力になりたいのは山々ですが、わたしがレオン王を殴ったのは事実です。わたしが一緒に行けば、レオン王の怒りをかうのではないでしょうか？」

一番心配な事を口にすると、ローラは顔を上げた。

「レオン王には、あなたを同行させたいと手紙でお願いして、許可をもらったわ」

「えっ⁉　本当ですか？」

意外すぎて目を見張った。

（何で許可されたんだ？　一兵士が国王を殴ったんだから、処刑されたっておかしくないのに。まさか、わたしを呼び寄せて罰するつもりで許可したんじゃ……）

ヨルン国にいては手が出せないからではないかと青ざめると、ローラが微笑む。

「心配ないわ。レオン王は殴った事は罪には問わない、あなたともう一度話をしたいから連れてきていいとお返事をくださったの」

純粋なローラはそれを信じているようだが、告げ口するような性格のレオンが、本当にそう思っているかは疑問だった。

(罪には問わないけど、近くに来させて嫌がらせをしてやろうってつもりじゃないのか)

レオンにされた事を思うと、そんな考えが頭に浮かぶ。ローラが握った手に力を込めた。

「だからお願い。一緒に来て。国の為にどうしても結婚を成立させなくては。失敗はできないの。国を守る為にはあなたの力が必要よ」

ファーストデンテ国に行ったら、レオンに何をされるかわからない。

しかし目の前の弱々しいローラを放ってはおけなかった。何よりヨルン国の平和を守る手助けができるのなら、たとえレオンにどんな嫌がらせをされても我慢ができる。

「わたしでよろしいのですか？」

戸惑いがちに聞くと、ローラは頷いた。

「あなたじゃないと駄目なの。あなたみたいな強い女性に憧れているわ。私は昔から体も心も弱くて泣き虫で、そんな自分が嫌になるの。あなたと一緒にいて、あなたを見習ったら、きっと私も強くなれると思う」

必死の願いが心を打った。国の平和の為に、恐怖を堪えて政略結婚を受け入れたローラ。

そんな彼女の力に少しでもなりたい。

「わかりました。わたしでお力になれるのなら」

覚悟を決めて頷くと、ローラの頬がバラ色に染まった。

「嬉しい……。ありがとう。あなたと一緒なら乗り越えられると思うわ。……あなたの事を少し近衛隊の隊長から教えてもらったんだけど、知ってた？　私達同じ年の同じ月、同じ日に生まれたのよ。何だか運命を感じない？」

そうだったのかと目を見開く。同い年だとは知っていたが、生まれた日まで同じとは知らなかった。ローラが恥ずかしそうに目を伏せる。

「私は占いが得意なの。政略結婚の事で悩んで、どうしたらいいか占ったら、同じ日に生まれた友に助けを求めるようにとの結果が出たわ。もちろん占いをすべて信じているわけではないけど、レオン王に意見したあなたに憧れて隊長から話を聞いたら、私達は同じ日に生まれていたとわかったの。きっと占いが示したのは、あなたの事だと思ったわ」

ローラの占い好きは有名だ。あまりに当たるので、彼女は魔女の血を引いているなんて馬鹿げた噂もあるくらいだ。

正直、占いには興味はないが、ローラの夢を見ているようなきらきらとした瞳で見つめられると、微笑ましい気持ちになった。

「確かに運命かもしれないですね。結婚式までの間、護衛はお任せください。僭越ながら、何かお困りの事があればいくらでもわたしが伺います。少しでもローラ姫の不安が解消されるよう努めますので」

椅子から立ち上がり、改めて膝をつく。そして頭を下げた。

「ありがとう、ユリア。とても心強いわ」

涙ぐんだローラを見て、心から彼女の助けになりたいと、ユリアは思った。

ユリアは、馬車の窓から辺りを窺っていた。

輿入れの為にヨルン国を出発したのは昨日だ。窓の外では護衛と侍女達、あわせて百人ほどが馬や馬車に乗って山道を移動していた。

「ローラ姫。そろそろ国境です。国境を越えたら、ファーストデンテ国の城まで、半日ほどで到着します」

向かいに座るローラに向き直る。赤いビロードの座席に座るローラは、不安げだ。

「いよいよね。ドキドキするわ。レオン王とは一度ご挨拶をしただけ。ファーストデンテ国に行って、親しくなれればいいのだけど」

レオンの顔を思い出して、はらわたが煮えくり返りそうになった。あの男のせいで謹慎処分になったのだと思うと、恨めしい。しかしそれを顔には出さなかった。

「レオン王は三年前、十六歳で国王に即位してから、ファーストデンテ国を経済大国として更に発展させたそうです。いまではファーストデンテ国は経済的にも軍事的にも大陸一だと言われています。民も豊かで貧富の差が広がらないよう税の調整もされているとか」

嫌いな相手だが、国王としては優秀だと認めざるを得ない。

(いくら事実とはいえ、レオン王を褒めるなんて口が腐りそうだ。だけどいまはローラ姫の不安を和らげる事が第一だ。あんな男と結婚して幸せになれるか心配だけど……)

心の底では、結婚を喜べない自分がいた。ちょっと触れただけでも倒れてしまいそうな弱々しいローラが、他国で王妃として暮らせるのだろうか。

「……立派なお相手ですが、よく知りもしない方と結婚なんて不安ですよね」

目を落とすと、ローラは頷いた。

「怖くて仕方ないわ。だけど、私はヨルン国の王女。国の平和の為にこの結婚が必要な事はわかっているの。だから、あの方のもとに嫁ぐと決めたの」

震える声だが、凛とした響きが含まれていた。

気丈に振る舞おうとするローラを見て、涙が出そうになる。

「ローラ姫のお気持ちに、民を代表して心からの感謝を捧げます。わたしにできる事でしたら、何でも致しますので」

胸に手を当てると、ローラが泣き笑いの表情になった。

「ありがとう。……ああ、話をしているうちに国境についたわね」

ローラが涙を拭って、窓から外を見る。国境の検問所で、侍従達が検査を受けていた。

「ここを過ぎたら、ファーストデンテ国の領土ね」

「はい。まだしばらく山道が続きますが」

辺りはうっそうとした森だ。この山を下りると、ファーストデンテ国の町並みが見えてくるらしい。

検問所での手続きが終わり、再び動き出した馬車にしばらく揺られていると、窓から外を眺めていたローラが大きく深呼吸した。

「駄目ね、やっぱり不安が大きくて息が苦しくなってしまう。こんな時は……」

ローラが荷物から取り出したのは、口がコルクで塞がれた透明の瓶だ。

「私が煎じたお茶を持ってきたの。気持ちを落ち着ける効果があるわ」

「ローラ姫自ら煎じられたのですか？」

驚いているとローラがいたずらっぽく微笑んだ。

「お茶も煎じるし、お菓子も作るしパンだって焼くわ。お料理が大好きなの。お裁縫も好きよ。ドレスを自分で縫った事もあるわ」

「すごいですね。わたしなんて卵を焼けば焦がすし、料理といえるほどのものは作れないし、縫い物も苦手です」

「でも、ユリアはとっても強いと聞いたわ。軍学校の剣術大会で優勝したんでしょう。すごく頭もいいって近衛隊の隊長が褒めていたもの。あなたの方がずっとすごいわ」

ローラにきらきらした目で見つめられて、恥ずかしい気持ちになる。

自分とはまったく正反対のローラ。優しくて愛らしくて、一緒にいるとこちらまで幸せな気持ちにしてくれる。しかも彼女は周りへの配慮も忘れない。

出発前、ファーストデンテ国に同行する百人ほどの護衛や侍女、侍従達一人一人に言葉をかけて回っていたのを見た時は、何とすばらしい王女だろうと感動した。

ヨルン国の王族は民とは距離を置いていて、ローラの兄や姉は家来や民に言葉をかけているのを見た事がない。

だがローラは、以前から分け隔てなくいろんな人と話していると聞いていた。

(ローラ姫は、きっといい王妃になられる。国の事情があるとはいえ、あんな卑怯な男の妻になるなんて、もったいなさすぎる……!)

そうは思うが、結婚に反対するわけにはいかない。この結婚に国の未来がかかっている。

ローラが嫌がっているならともかく、彼女も覚悟を決めているのだ。

自分が何か言う筋合いはない。それでも気持ちを抑えられなくて拳を握りしめていると、ローラがグラスについだお茶を差し出した。

「よかったら、あなたもどうぞ。気持ちが落ち着くわ。温めて飲んだ方がおいしいけれど、馬車の中では無理だし。ごめんなさいね」

「いえ、わたしごときが姫が煎じてくださったお茶を頂くなんて恐れ多いです」

「何を言っているの。私が無理を言ってついてきてもらったのよ。このぐらいさせて」

首を傾げる仕草がとてつもなく可愛らしくて、同じ女性なのにドキドキしてしまった。

せっかくここまで言ってもらっているのに、断るのも失礼かとグラスを受け取る。

「では、お言葉に甘えて」

ローラが自分のグラスを目の高さに持ち上げた。

「ヨルン国の平和を願って」

微笑むローラに、大きく頷く。グラスに口をつけると、ほのかな甘みがあるお茶は冷えているが、おいしかった。喉が渇いていたのか、ローラと一緒に一気に飲み干す。

「すごくおいし……うっ」

突然馬車が大きく揺れた。何が起こったのかわからなかったが、立ち上がろうとして体がぐらりと揺れる。ガラガラガラッと外から大きな音がした。

何事かと窓を見ようとした時、声が聞こえた。

「崖崩れだっ。逃げろ！」

言葉を理解した瞬間立ち上がり、ローラを守る為に彼女に覆い被さった。

鏡に映ったローラの顔を見つめて、ユリアはいままでの事を思い出していた。

「そうだ。ファーストデンテ国に行く途中、崖崩れの事故にあったんだ。すごく馬車が揺れて……あれからどうなったんだろう？」

鏡の中のローラが困惑したように眉根を寄せた。何とか気持ちを落ち着けて、ベッドから下りる。床に足をつくと何だかおかしな感じがした。

「何か変だな。いつもはドアノブは腰ぐらいの高さなのに、いまは胸の下ぐらいだし、テーブルとか椅子とかやけに大きく感じる。これって部屋が大きいのかな」

そう呟いてはっとした。

「いや、違う。ローラ姫はかなり小柄だ。わたしは女性にしては長身だから、目線の高さが違うのか……？　っていう事はつまり……」

壁には大きな姿見があった。おそるおそるその前に立つ。

シルクのネグリジェに金色の巻き毛。すみれ色の瞳。

小柄で、大陸の輝く宝石のごとき姫君と名高いローラの全身がそこに映っていた。

「いや、あり得ない……。鏡に仕掛けがあるんじゃないかな」

鏡をじっくり観察するが、特に異変はなかった。

「そうか、わかった！　これは夢だ。お料理上手で天使の微笑みを持つ可憐なローラ姫に心のどこかで憧れていたのは事実。だけど、軍人として生きると決めた時から、そういうのは縁がないものだとわかっていたはずだ。こんな夢を見るなんて……！」

一気に気持ちを吐き出して、ようやく息をついた。

「すぐに目が覚めるはず。……それにしても細部まで凝っている夢だな」

部屋の豪華さからして、一般の屋敷ではないようだ。

装飾品に使われている金も宝石も、どう見ても本物だった。

「想像力は乏しい方だと思っていたけど、そうでもないのかも。――そうだ、夢では痛みを感じないって聞いた事がある。きっと頬をつねっても痛くないはず……いった！」

頬を思い切りつねると、痛みで顔をしかめた。鏡に映るローラが青ざめる。

「どうして痛いんだ。痛いって事は夢ではないという事。つまり……」

夢でもなければ、鏡に仕掛けもない。だったら、いま見ているのは現実だ。

「何で、わたしがローラ姫になってるんだ――!!」

どんなに訓練を積んでいても、この予想もしなかった非常事態の前では、さすがにうろたえる事しかできなかった。

第二章

ユリアは叫んで腰砕けになり、その場で座り込んだ。鏡の中のローラもしゃがみ込んでいる。頭の中は大混乱だ。目の前の鏡に映るローラが自分だとはまだ信じられない。

驚きすぎて浅い息を繰り返していると、扉がノックされた。

返事する間もなく、初老の女性が入ってくる。

「ローラ姫……ああ、目覚められたのですね！」

見た事がない顔だ。侍女のようだが、服装がヨルン国のものとはどこか違う。

（わたしを見てローラ姫って言った。他人から見てもローラ姫に見えるんだ……！）

固まっていると、女性が駆け寄ってきた。

「道中、崖崩れにあわれたのですよ。覚えてらっしゃいますか？」

頭は混乱しているが、ピンチの時こそ情報収集をと軍学校で習ったのを思い出した。

とりあえず状況を把握しようと頷くと、女性は話を続けた。

「事故のあった場所の近くに住む村人から知らせがあって、兵達が駆けつけたんです。姫は崖下の湖に馬車ごと転落なさったんですよ。幸い軽傷ですみましたが、ファーストデンテ国のお城に運び込まれてからも、意識が戻らなくて心配しておりました」

（いまの話からすると、ここはファーストデンテ国の城だ。どうりで部屋の趣が違うはずだ。つまり、わたしは事故にあってから、ずっと意識がなかったって事？）

困惑していると、女性が心配そうに顔をのぞき込んだ。

「申し遅れました。侍女頭のマーサと申します。ローラ姫のお世話を申しつかっております。すぐにお医者様をお呼びしますので」

きびすを返そうとしたマーサの手を慌てて摑んだ。

「いえ、大丈夫です。……わたしと一緒に馬車に乗っていた……」

みなまで言わずとも、マーサは察したようで頷いた。

「女性護衛の方ですか？」

「そうそれ！」

思わず叫ぶとマーサが目を丸くした。

（しまった！　どういう事かわからないけど、いまわたしはローラ姫の姿をしている。ここはファーストデンテ国だ。事情を打ち明けていい状態か、まず把握しなくては。ローラ姫はこんなしゃべり方はしないから……）

この危機的状況から抜け出すには、まず自分の体を捜さなければと思った。

だから無理にでも笑みを浮かべる。

「失礼。彼女が心配で大きな声を出してしまいました。彼女はどこにいるのですか？」

ローラの笑顔には、相手の心を魅了する力がある。

実際自分もこの笑顔に何度も惹きつけられている。案の定、マーサは相好を崩した。

「まあ、お優しいのですね。護衛の方は第十二医療室です。あとでご案内……」

「いえ、いま行きます。場所を教えてください」

「ですが、目覚められたばかりですよ。お医者様に診ていただいてから」

「いいえ、この目で無事を確かめたいのです！」

（あ！　しまった。ちょっと強引だったかな。驚かせたかも）

目を丸くしていたマーサが、ふいに涙ぐんだ。

「臣下思いでいらっしゃるのですね。すばらしいですわ」

（何とかごまかせたみたいだ。よかった……）

胸をなで下ろしていると、マーサがクローゼットからガウンを取り出した。

「ではご案内致しますので、こちらをお召しになってください」

ガウンを羽織って、マーサのあとに続いて部屋を出る。

何がどうなっているのかまったくわからないが、これだけはわかっていた。

（わたしはいま、ローラ姫の姿をしている。ローラ姫が不利になるような言動はしてはならない。まずは自分の体を捜してどうなっているのか確かめよう）

頭の中は混乱しているが、軍学校で鍛えた精神力で、前に進んだ。

「こちらでございます」

マーサが扉を開けると、そこはベッドを置いたら他に何も置けないぐらいの狭い部屋だった。ベッドには、赤毛の女性が眠っている。ユリアはその顔を見て、目を見開いた。

(わたしだ！　いつも鏡で見るわたしの顔！)

混乱しつつも、落ち着けと心に命じてマーサに向き直る。

「ずっと眠ったままですか？」

「はい。彼女も軽傷で命に別状はないのですが、目覚めなくて」

「そうですか。すみませんが、しばらく二人にしてください」

「ですが……」

「彼女は事故の時にわたしを庇ってくれたんです。少しの間だけでいいので……」

両手を組んでマーサを見上げる。これをローラにされると自分も逆らえない。

マーサは戸惑いつつも頷いた。

「少しだけですよ。あとでお医者様の診察を受けてくださいませ」

礼を言って、マーサが出て行くのを見届けた。扉が閉まってから、さっと鍵をかけ、慌ててベッドに駆け寄る。横たわっているのは、赤毛の直毛、訓練で日焼けしたそばかすだらけの顔、長身で細身だけど鍛えた体の自分だった。

「わたしの体！　起きて！」

思わず揺さぶった。ここに来るまでの間に、一つの仮説を立てていた。

それが正しいか確かめる為には、自分の体を目覚めさせる必要がある。

「起きて！　寝てる場合じゃない！」

揺さぶりすぎて、がくんっと首が傾いだ。

「う……ん」

自分の体がうめき声を上げたのに気づいて、今度はそっと揺さぶった。

「起きたの？」

真実を知るのが怖かったが、目を背けるわけにはいかない。

自分の体が目を覚ます。緑の瞳がぼんやりとこちらを見つめた。

「あれ……どうして私がいるのかしら？」

自分の体が発したその言葉で、仮説が正しかったとわかった。

「ローラ姫、ですか？」

おそるおそる聞くと、きょとんとした自分が頷いた。

「ええ、あなたは誰なの？」

戸惑った様子のローラの肩にそっと触れた。

「落ち着いて聞いてください。わたしはユリアです」

「えっ……？　でも、じゃあ、私は……」

首を傾げる仕草はローラのものだが、自分の体でされるとちっとも可愛く見えない。

「信じられないかもしれませんが、姫はいま、わたしの体にいらっしゃいます」

「何を言っているの……？」

ローラが目を瞬かせた。確かに突然こんな事を言われても信じられないだろう。

だから最後の手段だと、近くにあった手鏡をとる。

「きゃあぁぁぁっ……！　ぐっ」

手鏡を見たローラが一瞬で青ざめて叫んだ。慌てて口を塞ぐ。

「静かにしてください。ここはファーストデンテ国なんです。騒ぎはまずいです」

ローラは目を白黒させつつも、状況を理解したのか頷いた。

手を放すと、涙を浮かべてこちらを見つめる。

「どういう事？　どうして私がユリアに？　それにあなたが私になっているわよね？」

「はい。何が原因かはわかりませんが、わたし達はどうやら体が入れ替わっているようです。崖崩れがあったのは覚えていらっしゃいますか？」

ローラが考え込むように俯いた。

「崖崩れだって叫び声が聞こえて。それから……どうなったのかしら。覚えていないわ」

さきほどここまで来る間に、マーサから聞いた話を思い出す。

「崖崩れで落ちてきた岩に当たって馬車が横転したんです。そのまま崖下の湖に馬車ごと落ちたそうです。わたしも姫も奇跡的に軽傷でしたが、十日間眠っていました」

「十日も？　だったら結婚式まであと一ヶ月しかないわ。私は意気地がなくて、ぐずぐずとここに来るのを延期していたの。城に着いたら急いで準備にとりかかるはずだったのに。どうしましょう。もう準備が間に合わないかも……」

震えるローラの手をそっと握った。

「状況はわかりませんが、落ち着きましょう。わたしは何があっても姫の味方です」

力強い言葉に、ローラが少しだけ微笑んだ。

ドンドンドンッ！

聞こえてきたのは扉をノックする音だ。強めのノックに、ローラがびくっとする。

「ここを開けて」

声には聞き覚えがあった。がちゃがちゃとドアノブが動いている。

マーサが出て行ったあと、とっさに鍵をかけた自分を褒めてやりたい。

「レオン王がいらっしゃったみたいです」

呟くと、ローラが真っ青になった。

「まずいわ。こんな状況が知られたら、結婚が破談になってしまう。いまのままでは〝完璧な王妃〟になれないもの……」

「完璧な王妃?」

ローラは破られんばかりにノックされている扉を見つめて、唇を震わせた。

「ヨルン国をホラクス国の侵略から守る為に、ファーストデンテ国の後ろ盾を得る。それが今回の政略結婚のヨルン国側のメリットよ。結婚により、ファーストデンテ国はヨルン国の宝石の流通を一手に引き受け、利益を得る。それが彼ら側の政略結婚のメリットなの。でもね、レオン王が結婚を承知してくれたのは、他にも目的があるからなの」

「どういう事ですか?」

「ファーストデンテ国はすでに経済大国として莫大な富を築いているわ。宝石の流通の利権が手に入らなくても、揺るがないくらいの経済基盤を持っている。レオン王が私との結婚を決めた一番の理由は〝完璧な王妃〟が欲しいからなの」

初耳だった。ローラが震える手でユリアの手を握り返した。

「ファーストデンテ国では、国王は二十歳までに王妃を娶るという決まりがあるそうよ。レオン王は十九歳。そろそろ妻をと急かされているそうなの。だからファーストデンテ国の後ろ盾を得る代わりに、私は完璧な王妃を務めると約束しているの」

目を見開くと、ローラがそっと自嘲した。

「この結婚は、国内外でも見栄えがする完璧な王妃が欲しいというレオン王の希望に添ったものなの」

「そんな！　いくら政略結婚だからって……」

ローラが物のように扱われている気がして、怒りがこみ上げた。

「いいの。私が完璧な王妃を務められればヨルン国の平和が保たれるんだもの。だけど、体が入れ替わってしまったなんて、レオン王に言えないわ。完璧な王妃になれないなら、破談になるかもしれない。そうしたら、ヨルン国は終わりよ。ううっ……」

ローラが両手を顔に当てて泣き出した。

確かにホラクス国に狙われているいまの状況で、ファーストデンテ国の後ろ盾が得られなければ、ヨルン国はあっという間に滅ぼされる。事の重大さに気づいて、青ざめた。

「ユリア、どうしましょう。このままでは、ヨルン国が……！」

あまりの事に思考が停止していたが、ローラの泣き声で我に返った。

（結婚が破談になったらヨルン国が滅ぼされてしまうかもしれない。こうなったら……）

「……ひとまず、わたしがローラ姫のふりをしましょう」

扉を叩く音はどんどん大きくなっている。呼びかける声もイライラが募っていた。

このままでは、扉が蹴破られるかもしれない。決断するならいまだった。

「でも……」

「何か原因があって体が入れ替わったのだと思います。それを調べる時間を稼がないと。

原因がわかればもとに戻れるかもしれません。それまでの間、互いのふりをするのです」

無謀だと自分でもわかっていた。しかしゆっくり考えている暇はない。

「そんな、自信がないわ……」

不安げなローラの顔をのぞき込んだ。

「わたしも不安です。でも一緒に乗り越えましょう。ヨルン国の為です」

ローラがはっとした顔になった。一度目を伏せて、すぐに顔を上げる。

「……わかったわ」

「入れ替わっているのがばれたら、まずい事になります。わたしがローラ姫のふりをするので、サポートをお願いします。何かおかしな事をしたら、目で合図してください」

王女としてどう振る舞えばいいかなんてさっぱりわからない。一応貴族ではあるから、行儀作法は一通りできるはずだが、ローラのように優雅に振る舞える自信はなかった。

（不安だけど、やらなくては。ローラ姫は真っ青になっていらっしゃる。わたしが恐れていたら、ローラ姫はもっと怖いと思われるだろう。姫を守らなくては……！）

亡き父の遺志を継ぎ、騎士団に入った。父と同じくヨルン国の平和を願っている。ローラのふりをする事で、ヨルン国の平和を守れるなら、やってみせると心に誓った。

ローラをベッドに戻らせた。息を整えて、いまにも破られそうな扉の鍵を開ける。

ばんっと扉が開いて、レオンが侍女達を連れて入ってきた。

「……おや、何日も眠っていた割に、ネグリジェで動き回れるぐらい元気なんですね」

にこやかだが、なかなか扉を開けなかった事で怒っているのがびんびん伝わってくる。

ファーストデンテ国の国王レオンと会うのは、これで二度目だ。茶色の長い髪に、大陸の太陽と噂される整った顔立ち。灰褐色の瞳は見つめるものを魅了するという。

背は高く細身で、濃い赤のビロード生地の上着と細身のズボンがスマートな印象を与えた。物言いは柔らかいが、いつも瞳には鋭さが宿っている油断ならない男だ。

彼を見て、顔が引きつりそうだった。

(二度と見たくなかった顔だ。でもローラ姫の為だから我慢しないと……!)

彼のせいで謹慎させられた。確かに殴ったのは悪かったと思っている。

しかし彼は許可なく蔵書室のある建物に侵入した不審者だったのだ。

もう一度殴ってやりたい衝動に駆られながらも、何とか微笑んだ。

「申し訳ありません。わたしの親友がまだ目覚めないと聞いて、心配だったんです」

部屋の中ではびくびくした様子のユリア……ローラがベッドに座っている。

レオンはそちらに目を向けて、口角を上げた。

「ヨルン国で私を殴った女性兵士だね。あれはなかなかいい拳だったよ。君が目覚めるのを楽しみにしていたんだ」

ローラが目に見えてびくっとした。レオンが彼女に近づこうとする。

（まずいぞ！　すごく意地の悪い笑顔だ。わたしが同行するのを許可したのは、告げ口して謹慎させただけじゃ飽き足らず、自分の手で嫌がらせしたかったからに違いない。目覚めて喜んでいるのは、さっそく何かする気だからだな……！）

　思わず彼の前に立ちはだかった。

「その話は伺っていますが、夜中に許可なく建物に入ったあなたも責任があるのでは？」

　国王にこんな無礼な発言は許されないだろうが、積もり積もった恨みが声に出た。

（ローラ姫はわたしの体にいる。この状況で、レオン王に嫌がらせをされてはまずい。ガラスのように繊細なお心が傷ついてしまう。ローラ姫をお守りしなくては！）

　近衛隊員としての使命感が体を突き動かしていた。

　まっすぐに見つめると、レオンが軽く目を見開く。

「……これは驚きです。ローラ姫は噂と違って、口を開くと案外気がお強いようだ」

　どきっとしたが、退くわけにはいかない。そのまま見つめていると、レオンは腕を組む。

「どいてください。あなたの護衛に話があります。ヨルン国で起こった事について」

（やっぱり殴った事を責める気なんだ。そうはさせない……！）

「わたしの護衛と話をなさりたいなら、わたしを通してください。彼女はあなたと話をする為にここに来たのではないので。それに彼女もわたしも目覚めたばかりです。少し落ち着く時間をくださってもいいのでは？」

毅然と言い返すと、レオンがあっけに取られた表情になり、やがて苦笑した。

「確かにそうですね。どうやら私の分が悪いようだ。言い負かされる前に退散しましょう。それにしても本当に意外だ。ローラ姫がこんなに気がお強いとは。ですがそのぐらいの方が王妃としてふさわしいかもしれませんね」

レオンはこちらとベッドのローラを交互に見つめる。

「話はまたあとにしましょう。二人とも目覚めて本当によかった。ですが、目覚めたばかりで動き回るのは感心できません。まず医師の診察を受けてください。結婚式までそう間がないので、元気になったのなら、準備をよろしく」

部屋を出て行くレオンを見て、ほっと息をつく。

扉が閉まると、ローラのしゃくり上げる声が聞こえた。

「これからどうしたらいいの、ユリア……」

涙ぐむローラに慌てて駆け寄る。

「わたしが必ずお守りします。体が入れ替わった原因がわかるまで、このまま互いのふりをしましょう。それがヨルン国の為です」

意識して力強い声を出した。不安なのは自分も同じだが、それを声や表情に出したら、ローラはもっと怖がるだろう。ローラの為にも、ヨルン国の平和の為にも、強くあらねばならないと、ユリアは心に誓った。

「コルセットがきついです。ローラ姫……息も絶え絶えなんですが……」

ユリアは、浅い呼吸を繰り返しながら、鏡に映るローラの姿を見つめた。

クリームイエローのドレスを着たローラは、神々しいまでに美しい。

腰まである豊かな金色の巻き毛は艶やかで、ピンクの口紅は愛らしかった。

ヨルン国の城で見かけるローラは、いつでも優しい笑みを浮かべていた。だが本当はいつもこんなにきついコルセットをつけて苦しい思いをしていたなんて、知らなかった。

ローラは椅子に座って紅茶を飲んでいる。膝を揃えて座り、背筋がピンと伸びていて、優雅な仕草だ。顔は自分なのに、仕草が違うだけで別人のように見えた。

「貴婦人のたしなみだから、我慢するしかないわ。ごめんなさいね。辛い思いをさせて」

目を伏せたローラに、慌てて両手を振った。

「これもヨルン国の為ですから！　ですが、姫がこんなに大変だと思いませんでした」

目が覚めて三日ほど経っていた。その間の事を思い出すと、冷や汗が出る。

「毎日早朝から起きて、侍女にコルセットをぎりぎり締め付けられてドレスを着て、髪を結い上げて化粧が終わる頃はもう昼。夕方になったら、白い肌を保つ為に毎晩オリーブ油のお風呂と蜂蜜で全身パック。髪だって艶やかさを保つ為に卵白を混ぜた液で洗って」

気の遠くなるような努力で、この美しさが保たれているのだ。ローラの毎日は、軍学校の訓練より過酷だというのが正直な感想だ。何とか息を整えて、彼女の前に立つ。

「結婚式までもう一ヶ月もありません。お互いになりすます為に、体調が悪いと言って部屋に閉じこもり情報交換していましたが、そろそろ限界です。入れ替わった原因を探る為にも、思い切って外に出て行動しなければ」

ローラが不安げな顔になる。

「でも怖いわ。もしばれてしまったら、ヨルン国は終わりよ。結婚式まで体調が悪いと言って誰にも会わないでいられないかしら。結婚式が終われば私は晴れてファーストデンテ国の王妃だから、そうそう離縁はされないと思うの。原因を探すのはそれからでも……」

不安に思う気持ちは痛いほどわかった。この結婚にはヨルン国の未来がかかっている。

「ですが結婚式の準備が滞っています。部屋にこもってばかりでは、肝心の結婚式が準備不足で行えなくなる可能性もあるかと。侍女達からも今日こそは結婚式関連で着るドレスを選んでほしいと急かされましたし」

招待客を迎える準備にドレス選び。結婚に伴う様々な行事の準備に、結婚式の進行や晩餐会のメニューや席順を決めたりと、やる事は山積みだ。

「ローラ姫……というか、ユリアは護衛という事でローラ姫……つまりわたしに、付き添う許可を頂いています。二人で準備しましょう。わたしがついているので大丈夫です」

力強く微笑んだ。ローラはそれを見て、ようやく頷く。

「わかったわ。頑張りましょう。ユリア……ありがとう」

頭を下げたローラに慌てて首を振った。

「とんでもありません。わたしはヨルン国騎士団の近衛隊員です。謹慎中で強制退役寸前だったのに、復帰させてくださったローラ姫には感謝しております。姫の為ならどんな事でもする覚悟でここに参りました。お手伝いができるのは光栄です」

正直な気持ちだった。ヨルン国を守りたくて騎士団に入ったのに、一年も経たずに謹慎になった。あのままだったら近い将来、騎士団を辞めさせられていただろう。

(さすがにローラ姫と体が入れ替わるなんてとんでもない状況は想定していなかったけど、どんな形であれ、ヨルン国の為に役に立てるなら精一杯やろう。これはわたしが国の為に尽くせる最後のチャンスになるかもしれない)

今回はローラの強い願いもあって一時的に復帰が認められた。

この任務で実績を積めば、謹慎は解けるかもと淡い期待もあった。だが近衛隊の隊長は渋々同行を許可したようで、無事に任務をやり遂げたとしても復帰は難しいと言われた。

だからこれが軍人として最後の任務かもしれない。気を引き締めて、ローラを見つめた。赤い髪も緑の瞳も、鏡でよく見る自分の姿だ。少しハスキーな声も自分のものだ。

こうして客観的に自分を見るなんて、いまでも信じられない状況だ。

「……ローラ姫。結婚式の準備をしつつ、入れ替わった原因を探りましょう。何度も伺って申し訳ありませんが、入れ替わったのは、崖崩れの事故の時だと思うんです。あの時の事を何か覚えていらっしゃいますか？」

これと同じ事は目覚めてから何度も聞いている。

繰り返し聞く事で新たな発見があるかもしれないからだ。

「いいえ。崖崩れだと叫ぶ声が聞こえて、それで……そこから記憶がないの。そういえば、この質問はあなたにはまだしていなかったわ。あなたはどう？」

問い返されて、あの時の事を頭に思い浮かべる。

「わたしも何も覚えていないんです。侍女から聞きましたが、近くで事故を目撃した村人がいたようです。彼の証言では、地響きがして崖の上から大きな石がいくつも落ちてきて、それが馬車に当たって横転し、崖下の湖に落ちたようです」

湖に落ちた自分達を、その村人が助け出してくれたらしい。彼らは、馬車にヨルン国の紋章が入っているのに気づき、慌ててファーストデンテ国の城へ報告したそうだ。

「ヨルン国の兵や侍女達も怪我を負いましたが、幸い死者は出ませんでした。彼らは現在この城で療養しています。姫が外に出ても大丈夫なら、彼らの様子も見に行かないと。入れ替わったのは崖崩れの前後だと思うので、誰か何か知っているかもしれません」

部屋にはまだヨルン国の者は誰も訪ねてこない。他国の城なので、許可がなければ彼らも動けないのだろう。こちらから出向く必要があった。

ローラは恐ろしそうにぎゅっと目を瞑った。

気弱な彼女には、こんな状況で人前に出るのは辛いだろう。しかし王女としてどう振る舞ったらいいのかわからない事も多いので、部屋から出るなら一緒がいい。

「わかったわ。ユリアが一緒にいてくれれば心強いもの。真相を突き止めましょう」

二人で頷いた。そして勇気を出して部屋の扉を開け、外に一歩踏み出した。

ユリアはローラとともに、ヨルン国の兵士達がいる医療室に赴いた。

医療室では二十人ほどのヨルン国の兵が寝かされている。

怪我人の世話をしているのは、軽傷だったのだろうヨルン国の兵と侍女達だ。

「ローラ姫！」

寝ていた兵達が起き上がろうとした。

(わたしがローラ姫だから、こんな時は……)

「そのままでいい……わ。怪我をしているんだから、ゆっくりしてて」

優しい笑みを浮かべようとして顔が引きつったが、何とか口角を上げた。

ファーストデンテ国の侍女達はローラと会うのが初めてだから、多少おかしな言動をしてもごまかせる。しかし彼らはローラを身近で見てきた兵や侍女達だ。

少しの違いでも見逃さないだろう。信頼できるヨルン国の者達だが、秘密を知る者は少ない方がいい。だからばれないようにしようとローラと話し合っていた。

「姫！　ご無事でようございました」

ベッドの上から声を上げたのは、中年の大柄な男だ。近衛隊の小隊長で、今回の護衛隊長だった。近づくと、右足と左腕に包帯が巻かれている。

「骨折ですか、ギョルンおじさん！」

思わず声を上げた。ギョルンは父の軍学校の同期で、子どもの頃から家族ぐるみの付き合いをしてきた。ギョルンが目を見開く。

「ギョルンおじさん……？」

はっとして慌てて口を押さえた。

(しまった、わたしはいまはローラ姫だ)

ギョルンの怪我を見て、気が動転してしまったが、すぐに居住まいを正す。

「ユリアから……そうユリアからあなたの事を実の父のように慕っておじさんと呼んでいると聞いていたのでつい……。ギョルン隊長、骨折した……いえ、なさったのかしら？」

「はい。足と腕の骨折で、治るまでかなりかかりそうです。申し訳ありません！　私がついていながら、姫にお怪我をさせてしまい……」

「事故だったんです。仕方ありません。……死者はいなかったと聞いていますが、みんなの怪我の状況は？」

余計な事は言わずに端的に質問した。

「私が一番ひどい怪我で、軽傷の者はもう動けます。姫がご結婚されるまでは我々が護衛を務め、ヨルン国の侍女がお世話をする予定でしたので、動ける者を配置しようと思いましたが、まだ万全ではないから療養に専念するようにレオン王から通告がございまして」

ギョルンは実直で真面目な軍人だ。申し訳なさそうに目を伏せる。

「他国の城ゆえ、レオン王がそう命じられたら我々にはどうする事もできず。さぞご不安だったでしょう。何とかレオン王にお願いして、ヨルン国の者をおそば近くに……」

起き上がろうとしたので、押しとどめた。ヨルン国の者は普段のローラを知っている。近くにいられると入れ替わっている事がばれる恐れがある。

「大丈夫です。無理をしないで。みんな怪我をしているのは事実だし……いえ、ですし、ここはレオン王のご命令通り、療養した方がいい……でしょう」

言葉に柔らかな雰囲気を持たせなければと思うあまり、ぎこちない感じになってしまった。ギョルンは不自然さに気づかなかったのか、男泣きする。

「お言葉、感謝致します！　ですが他国で一人きりではご不自由では……」

「ユリアがいてくれるので大丈夫です。護衛や世話はファーストデンテ国の兵や侍女が務めてくれている……わ。だから本当に療養に専念して」

ギョルンが後ろにいたユリアに目を移した。

「ローラ姫。ユリアはとても優秀です。亡くなった親友の娘で、子どもの頃から知っておりおります。剣の腕も立ちますし、頭もいい。きまじめすぎるのが難点ですが、信頼してくださってけっこうです」

ギョルンは厳しいが、褒める時は手放しで褒めてくれる。そんなところが大好きだ。

「褒めてくれてありがとうございます」

思わず嬉しくて声が漏れると、ギョルンが眉根を寄せた。

「どうしてユリアを褒めたのに、ローラ姫がお礼を……？」

あっと心で叫んだ。

「それは……ユリアとは一緒に事故にあって、一緒にこの数日を過ごして、まるで姉妹のような気持ちでいるので。彼女が褒められたら、自分の事のように嬉しくて……」

しどろもどろで話をすると、ギョルンは微笑んだ。

「娘同然のユリアを、そう思って頂けるとは嬉しい限りです」

(な、何とかごまかせた。ギョルンおじさんが単純でよかった。気をつけないと)

「それより、事故の事を覚えている？」

気を取り直して、一番聞きたかった事を口にした。

「はい。地響きがして、大きな石が落ちてきて馬車に当たりました。そのせいで馬車が横転し、姫をお助けする間もなく崖下に……。あの高さから落ちてよくご無事で……」

「……何か気になる事はありませんでしたか？」

ギョルンがさっと目を伏せた。

「それは……」

口ごもったギョルンに、思わず身を乗り出す。

「何かあったんですね。何に気づいたんですか？」

「……いえ、何でもございません。姫は何もご心配なさる事はございません」

（ギョルンおじさん、目が泳いでいる。長い付き合いだからわかるけど嘘をついてるな）

何か隠し事があるようだが、あまり探りすぎるとぼろが出るかもしれない。

躊躇していると、ギョルンが話を続けた。

「あの辺りは前日大雨が降ったそうです。そのせいで地盤が緩んで崖崩れが起きたのではと思われます。ファーストデンテ国の軍が調査を行うそうなので、何かしらわかるでしょう。私達も一緒に調査したいと申し出ておりますが、自分達の領土で起こった事だからとレオン王に許可して頂けなくて」

心の中で舌打ちした。

「あいつめ……!」

「えっ?」

思わず口から出た言葉に、ギョルンが首を傾げた。

「いいえ。何でもありません。……怪我をした兵や侍女達に何か異変はないですか? 様子がおかしい人とかは?」

入れ替わったのはもしや自分達だけではないかも、と辺りを見回した。

「いいえ。怪我をしている者はおりますが、みんな落ち着いています。ここはファーストデンテ国。何か問題でも起こせば、結婚が破談になる恐れもございます。みんなそれを理解しておりますので、ご心配なさいませんよう」

ギョルンと療養中の兵達からは、不自然な様子は伝わってこなかった。

後ろにいるローラに目を向けると、彼女も同意見のようでそっと頷く。

これ以上は情報は聞けないだろうとギョルンに向き直った。

「まず、怪我を治す事に専念してください。動ける者は怪我した者の世話をお願いします。他国で療養するのは気を遣うでしょう。何かある時はいつでも相談してください」

ギョルンが感心したように目を丸くした。

「少し見ない間に、しっかりされましたな。ローラ姫」

どきっとしたが、ギョルンに他意はなさそうだ。

「ローラ姫、あまり長居をなさると、みなさんお疲れになると思います……」

蚊の鳴くような声を出したローラに頷いた。あまり長く彼らといると、入れ替わっているのがばれるかもしれない。みんなの事が気になるが、そろそろ帰らなければ。

「わかりました。戻りましょう」

ギョルンに会釈し、部屋を出ようと扉に向かう。ドアを開けて部屋の中に向き直った。

「では、みなさん、ごきげんよう……」

ローラに教えてもらった、ドレスの裾をつまんで片足を曲げるという優雅な挨拶をした。

彼女は臣下であろうと、別れ際には丁寧な挨拶をするので有名だった。

（うっ、コルセットをつけてのこの姿勢は地味に辛い……！）

姿勢を正そうとしたが、コルセットのあまりのきつさのせいでバランスを崩す。

「危ない……！」

転びそうになったが、近くにいた若い兵士がとっさに支えてくれた。

（うっ……！　男に触られた……！）

考えた途端、総毛立つ。ぶつぶつとじんましんが吹き出た。

「男がわたしに触るな！」

ぱっと腕から離れ、渾身の一撃を彼の顔めがけて放つ。

「うっ……！」

拳は見事に顔面にヒットして、兵が尻餅をついた。それを見て、我に返る。

「あっ、すまない。つい……！」

「何だ！　何が起こった？」

起きられないギョルンには、何が起こったか見えなかったようだ。

部屋にいた人々がいっせいにこちらを見たので、慌てて顔を隠した。

ローラが倒れている兵に駆け寄る。

「大丈夫ですか？　ローラ姫もまだ、お加減が悪いのです。苦しくてもがいたら、手が当たってしまったようですね」

兵に声をかけると、彼は頬を押さえながら立ち上がった。

「大丈夫です。ローラ姫、体調が悪いのに、見舞いに来てくださってありがとうございました。お部屋までお送りしましょうか？」

「いいえ。私がお連れします。さ、姫。参りましょう」

ローラのとっさの機転に救われた。

顔を俯けたまま、ローラと一緒に足早に部屋を出る。

(体が入れ替わっているのに、男性恐怖症の症状が出るのか……!?)

ローラの体に入っていれば、症状が改善されるかもと密かに期待していたが、違っていたようだ。自室に戻り、とりあえず椅子に座る。顔を上げると、ローラが目を見開いた。

「私の顔にぶつぶつが！　手にも首にも出ているわ。どういう事？」

彼女にはまだ秘密を言っていなかった。ユリアは、一度口を引き結んでから息をつく。

「実は、男性恐怖症なんです。男性に触られると、恐怖のあまりじんましんが出て、無意識に相手を攻撃してしまうんです。体が入れ替わっているから大丈夫かと思いましたが、精神的なものが原因なので、ローラ姫の体に入っていても出るらしく……」

「男性恐怖症？　いったい、なぜそんな事に？」

理由はあまり口にしたくなかったが、いまローラは自分だ。

互いのふりをする約束でもあるので、彼女には話した方がいいだろうと思った。

「子どもの頃に、父と一緒にいた時、男達に襲われた事があって。父は軍人だったんですが、機密事項を扱う部署にいたようで、まずい情報を知っていた父を殺そうとしたみたいです。わたしは男に捕まって剣で喉を切られて」

ローラがはっと目を見開いた。

「それって、もしかして、この傷の事……？」

ローラが軍服の襟元を緩めた。鎖骨の上に引きつったような大きな傷がある。

「はい。血がたくさん出ました。出血するのと同時に命も体から流れ出していく気がして、怖くて仕方ありませんでした。死にかけたんですが、父が敵を倒して急いで止血してくれたので、命は助かりました。でも、それから男性に触られると、あの時の出血と同時に命が流れ出していくような恐怖が押し寄せてきて……」

思い出すだけでも苦しくなる。死に直面したあの時、自分の中で何かが変わった。

「その恐怖のせいで、じんましんが出るんです。同時に身を守ろうと体が勝手に反応して、触った相手を攻撃してしまうんです。もちろん軍人を目指した以上、克服しようと努力しました。いまはあんな男達に負けないくらい剣術もうまくなりました。ですが、理性よりも恐怖が勝ってしまうらしくて」

じんましんは、死ぬかもしれないという恐怖から。

相手を攻撃してしまうのは、生存本能からくるのではないかと医者は言っていた。

軍学校の時も騎士団に入ってからも、男性が多い中で必死で隠してきた。用心に用心を重ねて、男性とは接触しないよう気をつけていた。努力の末、心構えがあれば少しは触られても大丈夫なほどまでにはなったが、急に触られるとどうしても症状が出てしまう。

「しばらくしたらじんましんは治まります。その間かゆみに堪えないといけないんですが」

ローラは鎖骨の引きつれた傷を撫でながら、目を伏せた。

「そんな症状が出るなんて知らなかったわ。どうして教えてくれなかったの?」

「すみません。もし周りに知られたら、心身ともに健康なのが条件の軍人ではいられないので。知っているのは、家族とギョルンおじさん……いえ、ギョルン隊長だけです」

見つめると、ローラは眉根を寄せていた。彼女にしては珍しい表情だ。

しかしすぐに表情を緩ませる。

「……驚いてしまって。そんな怖い目にあったのね。あなたはとてもすごいと思う。男性恐怖症なのに、男性が多い騎士団に入って優秀だと評価されていたんでしょう。大変だったわね。……もしかして、レオン王を殴ったというのも……」

あの時の事を思い出す。レオンに手を握られて、じんましんが出て思わず殴った。

「そうです。さすがにあれは人生で最大の失敗でした」

項垂れると、ローラはそっと肩に手を置いた。

「これからは極力男性には触れないようにしましょう。私もフォローするから」

いつも弱々しいローラがとても頼もしく思えた。

「ありがとうございます。ローラ姫！」

涙が出るくらい嬉しかった。ようやくかゆみが治まってきたので、鏡でじんましんが引いたか確認していると、ローラが胸に手を当てた。

「さっき、ユリアがギョルン隊長とお話ししていた時、私も兵士達の怪我の具合が心配で彼らのベッドを回って話を聞いていたの。そうしたら、気になる事を聞いたわ」

「気になる事とは？」

首を傾げると、ローラは戸惑った様子を見せた。

「彼らは私の事を〝ユリア〟だと思っていて〝ローラ姫〟には内密にと言われたの。先日ファーストデンテ国の兵士達が、崖崩れの事故の調査に行ってきたそうなの。それで……あの事故は爆薬を使ったせいで起きた可能性があるという事がわかったらしくて」

「なんですって！」

思わず声を上げると、ローラがびくっとした。

「すみません、大きな声を出して。それで？」

「詳しく調べる為に、近いうちにファーストデンテ国が大がかりな調査隊を組織するんですって。それでヨルン国の怪我のない兵士達もそれに同行できるよう、ギョルン隊長がレオン王に願い出ているそうよ」

「ギョルン隊長……わたしには何も言ってくれなかったのに」

「あなたは〝ローラ〟だもの。はっきりした事がわかるまでは知らせないつもりだと思うわ。私は怖がりだから、事故が故意に起こされたとわかったら泣くと思ったのかも」

思い出すだけでも怖いのだろう。小刻みに震えるローラを見て、思わず駆け寄った。

「大丈夫ですか？」

「ええ。私一人ではないもの。ユリアがそばにいてくれるから、すごく心強いの」

無理して微笑んでいるローラの肩に手を置いた。

「すごく重要な情報です。教えてくださってありがとうございます」

さきほど事故の話をした時、ギョルンの様子がおかしかった。

おそらくこの事を〝ローラ〟に隠していたせいだろう。

「いったい、誰が事故を起こしたのかしら？」

ローラの怯えた声を聞いて、はっとする。

「もしかして、レオン王との結婚をよく思わない誰かの仕業では？」

思わず考えが口に出ていた。輿入れするヨルン国の王女を狙う理由はそれしか考えられない。ヨルン国の城では警備が厳しく狙いにくい。ファーストデンテ国の城でも同様だ。移動中が一番狙いやすかったのだろう。ローラが不安げに瞳を揺らめかせる。

「結婚を阻止する為に私が狙われたというの……？」

「もしそれが目的だとしたら、爆薬を仕掛けたのは、ホラクス国の可能性が高いと思います。彼らはヨルン国の宝石での利益を手に入れる為に侵略しようとしている。しかし結婚が成立してファーストデンテ国がヨルン国の後ろ盾になれば、さすがに手を出せない」

経済大国のファーストデンテ国と軍事国家のホラクス国は、八つの国々からなる大陸の中でも、並び立つ大国だ。ホラクス国はファーストデンテ国と一戦交えるなら、滅びる覚悟も必要だ。結婚が成立して一番困るのは、ホラクス国で間違いない。

「ホラクス国め……！」

怒りのあまり拳を握った。ローラが戸惑うように俯く。

「……それとも一つ気になる事を聞いて。話を聞いたヨルン国の兵士は、お母様がファーストデンテ国の生まれらしいの。彼の母親は、あの事故のあった場所の近くの村で育ったそうよ。彼から聞いたんだけど、私達が落ちた湖には不思議な伝説があるそうなの」

「不思議な伝説……？」

　ローラが意を決した様子で顔を上げた。

「実はあの湖には、その昔水浴びしていた姉妹が、湖の精霊のいたずらで体が入れ替わってしまったという伝説があるらしいの」

　衝撃で息を呑んだ。

「それって、いまのわたし達の状況とよく似ていますね」

「ええ。私達は姉妹ではないけど、一緒に湖に落ちて体が入れ替わったわ。事故の時、あの湖に落ちたのは馬車に乗っていた私達だけ。私、あの伝説が無関係だとは思えないの」

「わたしもそう思います。二人の姉妹はそのあと、どうなったんですか？」

　はやる気持ちを抑えて問いかけると、ローラは顔を俯けた。

「それが……。彼もそれ以上は知らないそうよ。子どもの頃にお母様に聞いた話だから、記憶もあいまいだと言っていたわ。ごめんなさい」

　目を伏せたローラの手をそっと握った。

「謝らないでください。すごい情報を二つも手に入れてくださってありがとうございます」

　ローラが顔を上げた。微笑む彼女に力強く頷く。

「まだはっきりとわかりませんが、わたし達が入れ替わったのには湖の伝説が関わっている可能性は高いと思います。その伝説について調べる必要がありますね」

ようやく進むべき道が見えた気がして、ユリアは久しぶりに心からの笑みを浮かべた。

「ユリア、城の中にも、湖について詳しい人がいるかもしれないから、兵士や侍女達に聞いて回ってみましょうか?」

「それは得策ではありません。湖の伝説について聞いて回ったら、わたし達の様子がおかしい事と結びつけて考える人も出てくるかもしれません。確実に湖の伝説について詳しいと思われる人にだけ質問した方がいいでしょう」

ローラが戸惑うように目を揺らめかせた。

「確実に詳しい人って、いったい誰に聞けばいいのかしら?」

「一番確実なのは、湖の近くにある村に住んでいる人でしょう。湖の事を教えてくれたヨルン国の兵士の母親がその村の出身だったというなら、その村にいまも住んでいる人は伝説の詳しい内容を知っているかもしれません」

「でも、城から半日ほど行った場所に村はあるのよ。どうやって村人に聞けばいいの?」

「ファーストデンテ国が事故を詳しく調べる為、調査隊を派遣するのですよね。それに同行できれば……」

「外出なんて無理よ。結婚式を控えているんだから」

確かにそうだ。いまの状況では、ローラの外出は不可能に近い。自分の姿をしているローラだけなら外出できるかもしれないが、彼女一人で行かせるわけにはいかなかった。

悩んでいるとノックの音がした。慌ててローラに目配せして扉に顔を向ける。

「どうぞ」

入ってきたのはマーサだ。居住まいを正すと、彼女が目の前まで来る。

「ローラ姫、レオン王がお呼びです」

彼の顔を思い出すだけでうんざりするが、無視するわけにもいかない。

ローラと二人で扉に向かうと、マーサがローラだけを押しとどめた。

「護衛の方は部屋でお待ちください。ローラ姫と二人でお話しになりたいそうですので」

「そうはいきません。一緒でないと」

思わず口を開いた。情報交換はしているが、自分がまだ知らない事も多いだろう。近くにいて、サポートしてもらわないとまずい。

「レオン王のご命令です」

マーサは引かなかった。ローラと顔を見合わせる。

立場的にはこちらが弱い。レオンの命令に背くわけにはいかなかった。

(挨拶の仕方と結婚式の主な流れについては教えてもらった。ここでごねて不審がられるとまずい。それに……このピンチをチャンスに変えられるかもしれない)

ふと頭にひらめいた作戦は、自分でもとてもうまく行くとは思えなかった。

それでも、試してみる価値はある。

「……わかりました」

目を向けると、ローラも状況的に仕方ないと思ったのか頷いた。彼女が耳元で囁く。

「わからない事を聞かれたら、余計な事は喋らずににこにこするといいわ」

的確なアドバイスだと思った。自分ならそうはいかないが、金髪巻き毛の美少女ローラなら、きっとたいがいの苦難は笑みの一つで乗り越えられるだろう。

だがなぜか胸がもやもやした。

（なんだろう。この感じ……）

「ローラ姫、こちらにどうぞ」

考えようとしたが、マーサに声をかけられ、慌てて彼女についていく。

余計な事は考えず、いまを乗り切るのが先決だと、ユリアは表情を引き締めた。

（レオン王の顔を見ると、触られたわけでもないのに殴りたくなる……！）
そんな事を考えてはいけないと思いつつも、目の前の椅子に座るレオンを見ると、ふつ

ふつと怒りが沸き起こる。ユリアはその気持ちを必死で堪えていた。

机には書類が山積みだ。

鼻歌交じりでそれを処理していたレオンがこちらを一瞥した。

「ようこそ、ローラ姫。相変わらずお美しい。こんな美女を妻にできるなんて、幸せです」

レオンが、大陸の太陽と呼ばれるのにふさわしい笑顔を向けた。

(嘘くさい笑顔だな。口調も物腰も柔らかいけど、目が笑っていないんだよな)

これだけ見目麗しい男性にこんな事を言われたら、女性は喜ぶかもしれない。

だが自分は違う。油断するなと頭で警告音が鳴った。

「ローラ姫、さっそくですが、結婚式に関連する行事について確認したい事がいくつかあります。よろしいですか？」

レオンが微笑む。彼のペースに持ち込まれて、うっかり余計な事を喋ったら、入れ替わっている事に気づかれるかもしれない。気をつけなければと心に言い聞かせる。

「どうかなさいましたか？　顔色が悪いようですが」

笑みの中の鋭い視線に気づいて、慌てて口角を上げた。

「緊張しています。いよいよ結婚式なのだと思うと……」

口元を手で覆い、目を伏せた。ここ数日ローラと部屋に閉じこもり、彼女の仕草を観察して練習したのだ。完璧にローラに見えているはずだ。

「緊張している暇はありませんよ。準備がかなり滞っています。招待状はもう出してありますので、結婚式の日にちは変えられません。急いで準備をお願いします」

彼も結婚式の当事者だろうに、人ごとのように話しているのが気になった。

「結婚式関連の行事の流れはわかっていますよね」

きた！　と心の中で叫んだ。これはばっちりローラと打ち合わせしてある。

「はい。まず結婚式の前日に前夜祭の舞踏会があります。結婚式は城の隣に建つ、ラグラダ大聖堂で行われます。結婚式後、夜に招待客を集めて晩餐会。招待客は国の内外から千人あまり。もうしばらくしたら城や近くに宿をとられて集まられると聞いています」

「招待客が来たら、あなたの可愛らしい笑顔でお出迎えをお願いします。私は政務が忙しくてなかなか準備に参加できません。結婚式は女性の方がこだわりが多いと思いますので、ローラ姫のお好きになさってください」

（ローラ姫を思っての口ぶりに聞こえるけど、要するに準備は丸投げしたいって事じゃないのか。客の出迎えも任せるって言ってるけど、挨拶回りが面倒臭いだけじゃ……）

おそらくそれは当たっている。彼の様子からすると、まったく結婚に興味がなさそうだ。

いくら政略結婚でも、こんな男と結婚して、ローラは幸せになれるのだろうかと心配になった。彼はおそらく結婚も目の前の書類と同様、国王として処理しなければならない仕事だと思っているのではないか、そんな気さえしてくる。

「ローラ姫、一つ質問です。結婚式における諸々の準備で一番重要なものは何ですか？」

突然聞かれて心の中でうろたえた。そんな話はローラとはしていない。

(一番重要な事は何かって聞かれても、人それぞれ答えは違うだろうし……)

「……まず一番に民に王妃として認めてもらえるよう準備するのが、重要かと思います」

レオンが眉根を寄せた。その表情を見て、どきっとする。

王族としてはこの答えでは駄目かもしれない。だが自分としてはこれが一番重要だ。

「……いい答えです。ヨルン国のローラ姫が民思いだというのは本当らしい」

レオンは驚いているようだが、感心しているようにも見えた。

(いまの答えが気に入ったみたいだ。よかった……)

ほっとしていると、レオンが椅子にもたれた。

「ドレス選びは任せます。マーサが用意しているから、好きなものを選んでください。結婚式や晩餐会での席順はこちらに一任してもらいたい。ヨルン国の王族は結婚式には参列しないと聞いていますが本当ですか？」

「はい……」

ヨルン国の国王は体調が優れず、長旅は危険だと医者が判断したようだ。王子が名代で出席するという話もあったようだが、ホラクス国がいつ攻めてくるかわからない状況なので、国を出ない方が賢明だと、王族と大臣達で話し合いが行われたらしい。

(事情があるとはいえ、晴れの結婚式なのに、ご家族が参列されないなんて……)

ヨルン国からの参列者は少なかった。政略結婚なのは明らかだし、国が侵略されるかもしれないという不安の中では、ヨルン国の貴族達もとても他国まで出向いてお祝いをする気力がわかないのかもしれない。

招待客はファーストデンテ国の関係者がほとんどなので、席順などはレオンに任せてもいいとローラに言われていた。

「あと大まかなのは、晩餐会での食事のメニューについてですね」

(ローラ姫がメニューも一任していいと言われていたから、レオン王にお任せしよう)

何とか受け答えできているので、どうにか切り抜けられそうだと心でほっと息をつく。

「ローラ姫。晩餐会でヨルン国の特産物を使いたいと、そちらの外務大臣から申し出がありました。聞いていますよね」

にっこり笑いかけられて、びくっと眉が上がる。

(何の事だ？　そんな話は聞いていないけど)

心では焦っていたが、それは顔には出さなかった。わからない時には、余計な事は喋らない。にこにこしてやり過ごすようローラにも言われている。

だから微笑みを浮かべて、口を噤んでいた。

「ローラ姫には伝えていると聞きました。知らないはずないでしょう」

しかし、ローラの天使の微笑みもどうやらレオンには通じないらしい。

「早く答えてください。答えるまで話は終わりませんよ」

しばらく黙っていたが、レオンの追及の手は緩まなかった。仕方なく、口を開く。

「特産物……ですか」

「ええ、デザートに使いたいと言われています。もちろん何かわかるでしょう?」

(この感じ、試されている……!)

何かあやしんでいるから、こんな聞き方をするのだろう。レオンが息をついた。

「実は、ローラ姫の様子がおかしいという報告を受けています。我が国がヨルン国の後ろ盾になる代わりに、君は完璧な王妃を務めるという約束です。もしも何か事故の影響を受けていて、完璧な王妃を務められないようなら、破談にしなければ」

レオンの視線が鋭くなる。

「事故にあって目が覚めてからの君は、どうもおかしな感じがする。君とは親しかったわけではないけど、以前とは別人のように思えるんです」

背中にじっとりと汗がにじんだ。

(やっぱり疑われてる。まさか入れ替わっているだなんて思わないだろうけど。いろいろ質問して、事故で記憶力に影響が出ていないか確かめたいんだ。答えを間違わないようにしないと。ヨルン国の名産っていろいろある。でもデザートと言ってたから……)

「……ヨルン国でとれる桃（もも）の事ですか？」

当てずっぽうだが、デザートに使われるような特産物で一番有名なものを口にした。

しばしの沈黙（ちんもく）が流れる。緊張のあまり息すらするのを忘れた。

「……そう。あの甘い桃をみんなに食べてもらいたいんですよね」

（よし！）

心の中で拳（こぶし）を握（にぎ）ると、レオンがまた鋭い目をこちらに向けた。

「あの桃でどんなデザートを作ってもらいたいんでしたっけ？　ローラ姫」

「えっ？」

喜んだのもつかの間、とんでもない質問が来て、ユリアは目を白黒させた。

（桃を使ったデザートはいっぱいある。どれを提案したんだろう）

「ケーキ……」

「ん？」

「いえ、ジェラート……」

「ん？」

「あ、いえ……」

冷や汗がたらたらと流れた。困っていると、レオンがぷっと吹（ふ）き出す。

「ああ、失礼。焦っている顔も可愛らしい。実は知らなくて当たり前なんです。デザートで桃を使いたいなんて提案は受けていないので」

言葉を理解するのにしばしかかった。

「だましたんですか!?」

ようやく声を上げると、レオンは息をついた。

「ええ。事故の影響があるか確かめたかったので。話を合わせようとしたという事は、自分でも記憶に自信がないんでしょう」

うっと言葉に詰まった。彼は見かけ通りの物腰が柔らかな男ではない。

わかっていたはずなのに、失敗した。レオンが立ち上がる。

「ローラ姫の様子がおかしいと侍女からも報告を受けています。ドレスを着るのも髪を結うのも、まるで初めてのような態度をとると。食事のマナーも王族にしては、はしたないと」

そんな風に思われていたのかと、心で焦った。

それなりに行儀作法は身についているつもりだったが、さすがに王族のレベルには達していなかったようだ。

「さあ、ファーストデンテ国に来てからの君の様子がおかしい理由を説明してください。これはお願いではなく、命令です。納得のいく説明がないなら、結婚を破談にしますよ」

本当に腹が立つ男だと思った。しかし、ここで何もかも投げ出すわけにはいかない。

一度深呼吸した。焦っている時ほど冷静に。それが父の教えだ。

「……確かに、事故の影響はあります。頭を打ったせいか記憶があいまいな時があって」

レオンが大きく息をついた。

「やはりそうですか。ならば破談に……」

「待ってください！　確かに記憶はあいまいですが、完璧な王妃としての務めは果たしてみせます。忘れた事は一から覚え直すので、チャンスをください！」

思わず机に両手を置き、身を乗り出した。

「完璧な王妃というのが条件です。記憶があいまいな王妃では約束が違うでしょう」

レオンは譲る気はないようだ。それでも必死で頭を下げた。

「お願いです。ヨルン国の未来が結婚にかかっています。できる事なら何でもします。記憶はあいまいですが、この国に来てから、わたしは何か問題を起こしましたか？」

顔を上げ、じっとレオンを見つめた。絶対に目をそらしてはならないと、心に言い聞かせる。

「ご迷惑になるような事は決してしません。お願いです。わたしにチャンスを……！」

胸に手を当てて声を上げると、レオンはしばし無言になった。

じっくり観察するようにこちらを見つめてから、ようやく口を開く。

「泣いてばかりの気弱な姫。それがヨルン国で君を見た感想でしたが、ここに来てからはまったく別人のような印象を受ける。本当に君はローラ姫なのかな？」

疑いの目が向けられていた。はっとして机から両手を離す。

必死になるあまり、ローラとして振る舞うのを忘れていた。

「何を馬鹿な事を仰るの」

微笑むと、レオンはしばらくして息をついた。

「そうですね。大陸の輝く宝石のごとき姫君と名高いその美しい顔が、そうそうあるはずがない。しかし、驚いた。君は案外押しが強いね」

意外そうな顔つきのレオンだが、面白そうなものを見る目をしていた。

「正直、泣いてばかりの姫は好みじゃないんだ。自立している女性が好きでね。政略結婚だから君にそれを求めるつもりはなかった。でも君は世間で言われているような気弱な姫ではないようだ。――本当に完璧な王妃を務めるのに支障はありませんか」

「はい。ご期待に応えてみせます」

レオンがぷっと吹き出した。

「何か？」

「ああ、ごめん。軍人みたいな答え方だと思って。そういえば、立ち方も姫っていうより、軍人って感じだね」

はっとした。いつのまにか肩幅に足を開いて腕を後ろで組み、姿勢良く立っている。

「ヨルン国では、王族も目上の方の話を聞く時はこんな感じなんです」

とっさに出た言葉に、レオンが眉を上げた。

「ふーん。初めて聞いたな。まあ、完璧な王妃を務めてくれるなら、多少記憶があいまいでも、軍人みたいな立ち方をしていてもいいよ。ただ、記憶があやふやなのを他人に知られたら、完璧な王妃としては認められない。だから知られては駄目だ」

(やっぱり、この人は結婚には興味なさそうだ。欲しいのはみんなが納得する完璧な王妃なんだな。こんな人と結婚して、ローラ姫は幸せになれるんだろうか)

心配だったが、いまは彼の機嫌を損ねるわけにはいかない。

ピンチをチャンスに変える為にも、レオンの様子を見ながら、口を開いた。

「わかりました。……この話とはまた別なんですが、一つお願いがあります」

レオンが背もたれにもたれて、両手を膝の上で組んだ。

「できれば未来の妻のご機嫌を損ねたくないので、伺いましょう。宝石でもドレスでも、何でもお願いしてください。君にはできるだけ着飾ってもらいたい。王妃が華やかであればあるほど、ファーストデンテ国が潤っていると他国に印象づけられるからね」

「いえ、ドレスではないんです。崖崩れの事故が故意に起こされたものらしいと、ヨルン国の兵士から聞きました。事故の調査隊を組むそうですね。わたしも同行させてください」

レオンが怪訝な顔をした。

「なぜ同行したいのです？」

そう聞かれるとわかっていたので、答えは用意してあった。

「実は事故の時、父からもらった結婚祝いをなくしてしまったのです。父が描いてくれたわたし達家族の肖像画で、馬車に積んでいました。捜しにいきたいんです」

「君が行く必要はないでしょう」

それも言われると思っていた。

「すごく大切なものなんです。もう家族にはなかなか会えなくなるし、あの肖像画は他国で生きていくわたしにとって、心の支えです。どうしても自分で見つけたいんです！」

思わず机に両手をついて身を乗り出した。見つめると、レオンが眉根を寄せる。

「意志が強い目だ。その目は見た事がある……」

(しまった……。強引だったかもしれない。ローラ姫はこんな頼み方はしないよな)

泣いて頼めばいいとわかっていた。嘘泣きでもして弱々しいふりをすれば、ローラの姿であれば大抵の男性は言う事を聞くだろう。しかし、どうしても性格上できなかった。

レオンはしばし無言で、こちらを見つめていた。

「……いいでしょう」

断られるのは覚悟の上で、どうやって食い下がろうかと考えていたので、あっさり許可されて自分でも驚いた。

「本当ですか？」

「ええ。実際に現場を見ながら、事故にあった人達の証言を聞きたいので、今回だけ特別に外出を許可しましょう。出発は明日なので、準備してください」

（やった！　これで湖の伝説について村人に聞くチャンスが得られる。助かった）

「それと、私も調査隊に同行します」

心の中で両手を挙げて喜んでいたが、レオンの言葉で表情が固まる。

「えっ……？」

「私も同行すると言ったんです。結婚式の準備が滞っているので、半日で現場まで行き、検証を終えて村で一泊し、次の日には私と君は帰るから、そのつもりで」

レオンがにっこり笑った。

「君の大切な肖像画が見つかるよう手助けをしたいのです。一緒に捜しましょう」

（また嘘っぽい笑みだ。きっとわたしが現場に行って、本当に肖像画を捜すのか確かめたいから、ついてくる気なんだな）

レオンはとても勘がいい。彼と一緒に行くなら秘密がばれる恐れがある。

しかし行かないという選択肢はない。一刻も早くもとの体に戻る必要があった。

「――わかりました」

覚悟を決め、挨拶をしてその場をあとにした。

レオンは執務室で書類に目を通していた。

「クロジッド家の令嬢、ユリア。十七歳。軍学校を首席で卒業後、騎士団に入り近衛隊に。父親は死亡。母親と二人暮らし、か」

お茶を淹れていたマーサが首を傾げた。

「ローラ姫のそばにいつもいる、女性護衛の事ですか？」

「そう。前にヨルン国で会った事がある。私を殴った初めての女性なんだ」

肩を竦めると、マーサがため息をついた。

「何か悪さをなさったんじゃないですか？　女性関係は派手でもけっこうですが、上手に振る舞わないといつか刺されますよ」

侍女頭のマーサは乳母でもある。両親を亡くした自分には親代わりのような存在だ。

彼女は城の中でも数少ない信頼できる女性だった。

「そういう悪さじゃない。入ってはいけない所に入ろうとして見つかっただけだ」

マーサは呆れた顔になったが、すぐに眉根を寄せる。

「それで殴られたんですか？　自業自得ですが、他国の国王を殴るなんてなかなか彼女も骨がありますね。……でもここに来てからローラ姫のそばにいるのをよく見かけますけど、いつも姫の陰に隠れるようにしていて、とてもそんな度胸があるようには見えませんが」

「ああ、私もそう思う。……マーサ、ユリアの事をどう思う？」

マーサはお茶を淹れる手を止めた。

「護衛とは思えない仕事ぶりですね。ローラ姫のあとをついて歩くだけ。よく泣いているのも見かけますし。ですが……」

なかなか手厳しい事を言ったマーサが、何事か考え込んだ。

「ですが、何だ？」

「……いいえ、何でもありません」

マーサは顔を上げ、何事もなかったかのようにお茶を机に置いた。

「では、ローラ姫はどう思う？」

問いかけると、マーサの表情が和らいだ。

「噂とは違う印象です。大陸の輝く宝石のごとき姫君と名高いローラ姫は、美しくお優しいが、か弱く臆病だと伺っておりましたが、実際お会いしてみたらなかなかお強くて」

確かにと頷いた。さきほどローラと話したが、とてもしっかりした印象だった。

考え込んでいると、マーサが首を傾げる。

「どうかなさいました？」

「ユリアとローラ。あの二人、どうもおかしな感じがして」

「おかしな感じとは？」

「まずユリアだが、護衛の割に辺りの警戒もできていないし、おどおどしていて役に立たない。しかし、前にヨルン国で会った時の彼女は違っていた」

「レオン様を殴ったと仰いましたね。彼女がそんな事をしたなんて想像もできませんが」

「そうだろう。いまのユリアはまったく別人のようだ。ヨルン国で会った時は、ユリアは正義感に溢れ、悪い事は悪いと言う、まっすぐな瞳が印象的な強い女性だった。しかしいまの彼女はまっすぐにこちらを見ない。それどころか私を見たら、さっと姿を隠すんだ。まるで逃げるように。おかげで話もできない」

　おかしいと感じたのは、ユリアだけではない。

「それにローラ姫だが、以前会った時は噂通り弱々しい印象を受けた。だがマーサも言っているように、ファーストデンテ国に来てからの彼女は気が強い印象だ。それに正義感に溢れた目をまっすぐ私に向けてくる。ヨルン国の城で挨拶した時とはまるで違う」

「女性はいろんな顔を持つものでございます。弱々しいところもあれば、強い部分もある。その時々に応じて、いろんな仮面をかぶるものですよ」

　くすくすと笑うマーサにむっとした。

「私に女心がわからないと言うのか？」

「大陸の太陽と噂されるレオン様でも、女性の心だけは見透かせません。女心は複雑です」

マーサにはそう言われたが、それでも彼女達の変わりようが引っかかっていた。

「やはり気になるな。調べてみるか」

結婚を決めたのは、国の為だ。結婚相手は国王にふさわしく、国の為になる女性なら誰でもよかった。ローラは弱々しい印象で、決して好みではなかったが、ファーストデンテ国の王妃としてはふさわしい。

ファーストデンテ国の国王は、二十歳までに結婚しなければならない決まりがある。

自国の貴族達が娘を王妃にしようと、猫なで声で見合いを勧めてくるのがうっとうしかった。しかもそれが原因で貴族同士でもめ事が起こり、被害者まで出た。彼らを黙らせる為に、他国から誰も文句のつけようがない、完璧な王妃を迎える事にした。

だから大陸の輝く宝石のごとき姫君と評判のローラを妻に迎える事にしたのだ。

彼女はヨルン国の王女という地位にあり、麗しい容姿をしている。

ファーストデンテ国の王妃としてふさわしいと誰もが認めるだろう。

完璧な相手だと思ったが、実際の彼女は何かがおかしい。

「どうやら、彼女達には何か秘密があるようだ。結婚前にそれを確かめないとな」

「レオン様、面白がっていらっしゃる顔つきでございますよ」

マーサにちくりと言われて、レオンは苦笑した。

第三章

ユリアは久しぶりの外出が嬉しくて、浮き足立っていた。

馬車に揺られながら窓の外に目をやると、暖かい日差しと緑の山々が目に入る。

「崖崩れの調査隊に同行できて助かりましたね。ローラ姫」

前方に目をやると、赤毛の自分の姿をしたローラが座っていた。

「ええ。これで湖の伝説を詳しく調べられるもの。許可してくださったレオン王に感謝しないと」

再び馬車の窓から外を見つめる。白い馬に乗ったレオンが馬車の斜め前を進んでいた。

「ローラ姫。もうすぐ現場に到着しますが、一つお願いが。わたしの様子がおかしいのは、事故で記憶力に影響が出ているからだとレオン王には説明しましたが、疑われています。レオン王に秘密が知られないようお気をつけください」

ローラを見つめて、話を続ける。

「現場についたら、湖について調査しましょう。近くの村に住む人なら伝説を詳しく知っているかもしれません。これでもとに戻れるかもしれませんよ」

結婚式までに何とかもとの体に戻りたい。それが正直な気持ちだ。ローラの事を思うと胸が痛いが、さすがに完璧な王妃になるには、自分では力不足だ。

「ええ。私も早く自分の体に戻りたいわ。政略結婚は気が進まないけど、ヨルン国の為だもの。それにあなたに迷惑をかけているのがとても辛くて……」

目を潤ませたローラに身を乗り出した。

「お気になさらないでください。もとに戻るまではローラ姫の代わりを務めますので」

ローラが小さく頷いて、そっと目を伏せた。

「どうかなさいましたか？」

しばらく無言になったローラに声をかける。

「ごめんなさい。馬車に乗っていると、あの事故を思い出して怖くなってしまうの」

ローラが怯えた顔になる。確かに崖崩れの事故は、とても恐ろしかった。馬車に乗っているとその時の事を思い出すのは、自分も同じだ。それでも顔には不安を出さなかった。

「大丈夫です。今回は怪我が治ったヨルン国の兵とファーストデンテ国の護衛もいます」

勇気づけるように馬車の外を指さす。

見慣れたヨルン国の兵士達に目をやって、ローラは少しだけほっとした顔になる。

そのまましばらく馬車に揺られていると、ふいに動きが止まった。窓から外を見ると、辺りはうっそうとした森だ。この辺りには見覚えがあった。

「崖崩れの現場についたようです。降りてみましょう」

ローラが頷いた。ドアを開けると、兵士達が馬から下りて作業を始めたようだ。

道に降りたって、辺りを観察する。細い山道で、前方には大きな石がいくつも積み上がっていて、通れなくなっていた。左手は見上げるほどの絶壁だ。おそらくあの頂上から石が落ちてきたのだろう。右手の崖下には、湖が広がっている。

「ここから落ちたのか……」

崖下の湖まで、かなりの高さがある。よく生きていたなと自分でも感心するほどだ。

レオンが馬を下りて近づいてきた。

「馬車からは降りないで。近くに村があるから、君はそこで休ませてもらうといい」

「ですが、肖像画を捜さないと。それに事故にあった人達の証言が必要でしょう?」

ここに来たのは、ヨルン国の国王が描いた家族の肖像画を捜す為、という事になっている。ヨルン国の国王は絵画が趣味で、実際その肖像画を結婚するローラに贈ったのは事実だし、事故の時になくなったのも本当だ。

「肖像画は兵に捜させる。君の証言はあとで村で聞かせてもらうよ。ここは崖崩れの影響で地盤が弱っていて危険だ。結婚式までにその美しい顔に怪我でもされては大変だし」

(レオン王と話していると、どうもカチンとくるな)

そう思ったが、反論はしなかった。目的は湖の伝説について調べる事だ。村に行っていていいなら、正直助かる。事故の現場を調べて犯人捜しもしたいが、ここにいられるのは明日までだ。両方調べるのはさすがに時間的に不可能だろう。

「わかりました。村に参ります」

ローラと一緒に馬車に乗ろうとすると、レオンが声をかけた。

「ユリア。君は残って」

「えっ?」

自分の姿をしたローラが目を瞬かせると、レオンは腕組みした。

「ここの調査には事故にあった者達の証言が必要だからね」

「ですが、彼女はわたしの護衛で……」

ローラだけ残すわけにはいかない。レオンが、殴られた恨みを晴らそうとしたら大変だ。

「護衛なら我が国の兵士が行う。ユリアは残ってくれ」

レオンは頑として譲らなかった。ローラが震えつつ、蚊の鳴くような声を出す。

「わかりました。残ります」

レオンに逆らうと城に帰れと言われるかもしれない。それはわかっているようで、ローラは怯えた表情をしながらも、こちらに目配せして頷いた。彼女にそっと近寄る。

「レオン王と二人になると危険です。なるべくヨルン国の兵のそばにいてください」

囁くと、ローラが不安げな顔をしつつも頷いた。それを見届けて、渋々馬車に乗り込む。

ローラを残していくのは、後ろ髪が引かれる思いだった。

馬車が到着したのは小さな村だった。ユリアは馬車を降りて辺りを見回す。村人はおそらく数百人だ。森で狩りをしたり作物を育てたりして生計を立てているようだった。

護衛の為についてきた兵士数人に囲まれて歩き出すと、老人が駆け寄ってきた。

「ローラ姫。ようこそおいでくださいました。村長のコラエルでございます。何もないところですが、一晩お休みになるお部屋をご用意致しました」

うやうやしく頭を下げるコラエルに微笑んだ。

「ありがとうございます。お世話になります」

案内されたのは、村長の家の一室で小さいがよく手入れされた部屋だった。

「いまお茶の用意をさせておりますので」

護衛達は外で見張っている。部屋には自分と村長だけだ。聞くならいまだと思った。

「村長。実は伺いたい事があって。事故があった湖ですが、伝説があるんでしょう？　前に侍女から聞いた事があるんですが、とても不思議な話で興味があるんです。詳しく聞かせてもらっていいかしら？」

ローラの微笑みには、魔法がかけられていると思う。

この顔で笑うと大抵の人はイエスと言ってくれる。

「もちろんでございますとも！」

村長にもその魔法がかかったようだ。ほっとして口を開く。

「その昔、あの湖で水浴びしていた姉妹の体が入れ替わったと聞きましたが」

「はい。仲のいい姉妹だったそうですが、互いに自分にはない相手のいいところに目が行き、うらやましく思っていたようです。姉は顔立ちはそこそこですがとても賢く、妹は美人ですが、頭の方はそれなりだったらしくて。互いになりたいという欲望を精霊が感じ取り、水浴びしていた姉妹の体を入れ替えたとか」

心でよしと拳を握った。やはり湖の近くに住む人は詳しい話を知っているようだ。

「その二人はどうなったんですか？」

コラエルは思い出すように目線を上げた。

「互いになっても、結局は別の悩みがあるのだと気づき、精霊にもとに戻りたいと願ったようです。二人で一緒に湖に入るよう、夢の中で啓示があり、その通りにしたとか」

「それでどうなったんですか？」

思わず身を乗り出すと、村長は笑みを浮かべた。

「それでもとに戻れたそうでございます。いくら相手がうらやましくても、結局は自分が一番だという教えがその伝説には……」

「本当に、本当に戻れたんですね！」

話を遮ったが、村長は気にした風もなく、頷いた。

「ええ。ないものねだりの姉妹という伝説でございます」

(きっとその精霊のいたずらのせいでわたし達も入れ替わってしまったんだ。伝説のように、ローラ姫と二人で湖に入れば、もとに戻れるかもしれない。早く姫に伝えないと！)

「ありがとうございます、村長。急用がありますので、少し外に出ます」

慌てて立ち上がる。止めようとする村長を振り切って、扉を開けた。

そこで足を止め、目を見開く。

「どこへ行くんだい？」

扉のすぐ向こうに立っていたのは、レオンだ。

(どうしてここに？　まさか、いまの話を聞かれた？)

湖の伝説を調べていたと彼に知られたら、まずいと思っていた。レオンは勘がいい。伝説といまの自分達の状況を結びつけるかもしれない。焦っていたが顔には出さなかった。

「……事故の調査がどうなったか気になって。レオン王はなぜここに？」

レオンはにこやかな表情で腰に手を当てた。

「護衛に預けた荷物の中に、必要なものがあったので取りに来たんだ。君の麗しい顔をまた見られてよかった」

軽口で返されたが、思わず眉根を寄せた。

「国王自ら取りに来られたのですか？」

「みんな調査に忙しい。手の空いた者がやるべきだろう。いま来たところだが、荷物を取ったらすぐに戻る。君は危ないからここにいるんだ。いいね」

どうやら話は聞かれていないようだ。心の中でほっとした。

「わかりました。では気分転換に村を見て回ってもいいですか？」

少しでも情報を集めたかった。村人と話せば何か他にも情報が得られるかもしれない。

「いいだろう。村の周りは見張らせているからね。村の外にはくれぐれも出ないように」

頷いて、レオンが荷物を取って出て行くのを見送った。

ユリアは村を散歩するふりをしつつ、ファーストデンテ国の兵士達が警備している場所を目で確認した。

「ローラ姫と湖まで行くには、夜に村を抜け出すしかない。警備が一番手薄なところから抜け出すしか手はないけど、慎重にやらないと見つかったら結婚が破談になる」

護衛達の配置を目で確認しながら、どこか抜け道がないかと考える。

村の西側はうっそうとした森になっていて、そこの見張りが手薄そうだった。

護衛達の目をかいくぐり、そちらに足を向ける。

「この辺りだったら、崖の方へ行けるかも……」

身を低くして森を歩いていると、開けた場所に出た。

正面と左手は崖がそびえていて、右手の奥の方に水面が見える。

「あれが湖だ。本当に近いんだな。でも、夜に森を抜けるなら、もっと時間が……」

「ローラ！」

男性の声がして思わずびくっとした。

慌てて振り向くと、男性がすごい勢いで駆け寄ってくる。

大柄な男には見覚えがあった。短いくせのある黒髪に、茶色の瞳。整っているが、威圧感のある顔つき。軍服を着ていてどこか荒々しい印象だ。

「あれは、ホラクス国のファイン王子……！」

ヨルン国を狙う軍事国家ホラクス国。その世継ぎであるファインは、二十歳。

去年ヨルン国で行われた宝石の展覧会で見た事があった。

（どうしてこんなところにファイン王子が!?　いや、そんな事よりこの状況はまずい。誰もいないところで敵国の王子と二人だけなんて。武器は何にも持っていないのに）

ファインが目の前まで来て足を止めた。大柄なファインと小柄なローラは身長差がだいぶある。何かされてもすぐ反撃できるよう、気合いを入れて見上げた。近くで見ると、ファインはかなり強面だ。整った顔立ちだから、余計に迫力があるのかもしれない。

(来るなら来い！　投げ飛ばしてやる。ホラクス国のせいで、ローラ姫は政略結婚する事になったんだ。あの崖崩れの事故だって彼らが仕掛けたのでは……)

体術には自信がある。腰を落として構えると、ファインがいきなり涙を浮かべた。

「ローラ、やっと会えた。事故にあったと聞いて心配していたんだ。無事でよかった！」

ファインは膝から崩れ落ち、地面に突っ伏した。

(あれ？　もしかして心配している？　ホラクス国の王子が何で!?)

ローラとは王族同士なので知り合いなのだろう。

しかし泣くほど心配される理由がわからない。

「毎日毎日手紙を書いて送ったのに、返事をくれなかっただろう。そこに来て、あの事故の話を聞いた。君がどうしているのか心配で、いてもたってもいられなかった！」

「えっ、手紙!?」

手紙の話なんて聞いた事がなかった。ホラクス国の王子が毎日ヨルン国の王女に手紙を送っていたとしたら、城を守る近衛隊の自分が知らないはずがない。

「何だ、その初めて聞いたような顔は。結婚をやめてくれって手紙に書いて毎日送っていただろう。レオンみたいなふざけた男と結婚しては駄目だ！」

すぐ目の前まで顔をぐいっと近づけられた。

必死の表情は嘘や冗談を言っているようにはとても思えない。

(何だかよくわからないけど……もしかしてこの人、ローラ姫が好きなのか⁉)

どうやら危害を加える気はなさそうだ。ファインが胸に手を当てる。

「ファーストデンテ国に君がいると聞いて、すぐに駆けつけたんだ。でも入国の手続きがまだできていなくて、城に行くのに足止めを食ってしまった。手続きに時間がかかるから、その間に事故の状況を把握しようと思ってここに来たんだ。君に会えるなんて嬉しいよ。俺達はやっぱり運命の糸で繋がっているんだな」

感激した様子のファインに、どうしていいかわからずあいまいに微笑む。

「す、少し落ち着きましょう」

「落ち着いていられるか！　結婚するなら俺としよう。まだ結婚式前だから、君がうんと言ってくれたら、すぐに我が国に連れ去るぞ。そうだ！　あの薬草は役に立ったか？」

「薬草……？」

「ああ、君に頼まれたあの薬草だ。どうしても必要だと手紙で書いてきたから、すぐに用意しただろう」

何の事だかさっぱりわからない。ローラからファインの事は何も聞いていなかった。

(言ってる事が支離滅裂だな。それに薬草って何の事だ。ホラクス国の王子とローラ姫が、

個人的に何かやりとりしていたなんて、信じられないけど)

「近くに護衛達もいる。君の事は守るから、とりあえず俺と行こう……!」

戸惑っていると、ファインに腕を掴まれた。

「あっ!」

ファインが触っている箇所がかっと熱くなる。

同時に総毛立ち、ぶつぶつと肌が沸き立った。

「男がわたしに触るな!」

嫌悪感がこみ上げてきて、自分でも感情をコントロールできずに、気づいた時にはファインの左顔面に右の拳がめり込んでいた。

見事な右フックが決まり、ファインが地面に転がる。

「ファイン王子!」

駆けつけたのは、ファーストデンテ国では見かけない軍服をまとった男達だ。

屈強な彼らはホラクス国の軍人だろう。

どうやら距離を置いて見張っていたらしい彼らに、睨み付けられる。

「何をなさるのですか、ローラ姫! 我が国の王子に何と無礼な真似を!」

(わかってる! とんでもない事をしたって! 最悪な事にいまはローラ姫の姿をしているから、国同士の大問題になるって!)

自分の姿なら、処刑でも何でも甘んじて受けよう。しかしいまはローラなのだ。

これほど自分の男性恐怖症を恨んだ事はない。

肩にかけていたマントを頭から被ってじんましんが見えないようにする。

「失礼致しました。突然腕を掴まれて振り払おうとしたら、顔に手が当たってしまって……。本当に申し訳ありませんでした」

必死に謝罪したが、護衛達の表情はきついままだ。

「手を振り払った？　拳を握りしめて殴ったようにしか見えませんでした。それにそのマントは何です。謝罪されるなら、マントをとるのが礼儀でしょう」

わかってはいるが、じんましんが治まらないと顔を出せない。

どうすればいいのかと焦っていると、ふいに声がした。

「何があったんですか？」

声がした方を見ると、レオンと自分の姿をしたローラが立っていた。

ローラが状況を察したのか、駆け寄ってきて、耳元で囁いた。

「大丈夫？　あなたが村からいなくなったと護衛が知らせに来て、みんなで捜していたの。ファイン王子には気をつけて。彼はヨルン国を手に入れる為に、いつも強引に言い寄ってくるの。ありもしない話を妄想して本当の事のように話すのよ。近づいたら危険だわ」

いつになくローラは真剣な顔つきだった。

（なるほど。そういう事か。確かにローラ姫に言い寄って婚姻関係を結べば、戦わずともヨルン国を手に入れられる。だから変な事を言って気を引くんだな）

ファインの護衛達は、ファーストデンテ国の国王であるレオンを見て、怖じ気づいたように一歩下がった。しかしすぐに気を取り直したように大声を上げる。

「ローラ姫がファイン王子を殴ったんです。どう責任を取るおつもりですか」

強気な護衛に、レオンが薄く微笑む。

「遠目で見た限り、先にファイン王子がローラ姫の腕を掴んで、驚いた彼女に殴られたようでしたが。殴ったのはお詫びしますが、突然女性の腕を掴むのは無礼では？」

護衛達がざわついた。レオンがたたみかける。

「それにここはファーストデンテ国の領土です。他国の王族が我が国を訪問される際は、事前に知らせる決まり。ですがホラクス国の王子が入国したという知らせは受けておりません。勝手に入国し、私の婚約者の腕を突然掴むなど、失礼なのはそちらでは？」

口調は穏やかだが、辺りが凍り付くほど冷たい声だった。

ファインが起き上がり、レオンを睨み付けた。

「いま手続きをしている最中だ。それにお前とローラの結婚なんて、俺は認めないぞ！」

「手続きしている最中なら、まだ許可が下りていないので、不法入国です。それにあなたに結婚を認めてもらう必要はありません。それより女性に殴り倒されるなんて、恥ずかしくありませんか？　ホラクス国の王子はお強いという噂ですが大した事ないんですね」

レオンがにっこり笑う。凄絶な嫌みに、ファインが怒りのあまり目を剥いた。

「なんだとーっ」

「ファイン王子、子どもの頃から何度かお目にかかっていますが、あなたが近くにいると気温がぐっと上昇する気がします。暑苦しいのでそばに寄らないでもらえます？」

「ふざけるな！　お前みたいな奴と結婚したら、ローラは幸せになれない」

「あなたと結婚したとしても、幸せになれないと思いますけど」

「馬鹿を言うな。俺と結婚したら幸せになれるに決まっているじゃないか。大陸一の幸せな花嫁として認定されること請け合いだーっ」

「でも結婚するのは私です。各国の王族は結婚式に招いているので、あなたにも仕方なく招待状を出しましたが、来るのが早すぎです。結婚式の数日前にならないと、おもてなしもできないしする気もないので、我が国から出ていってください」

「何だとーっ。どうしてお前は昔からそう慇懃無礼な男なんだ！」

ファインが怒りに我を忘れたのか、レオンに殴りかかろうとした。

「お待ちください！」

しかし拳が振り下ろされる前に、駆け寄ってファインを羽交い締めにした男がいた。

二十代後半くらいで柔和な顔立ちと細身の体。軍人達と同じような服装だからホラクス国の者だろう。軍服を着ていたが、片眼鏡をかけて優しそうな雰囲気をまとっていた。

「レオン王。申し訳ございません。私はルクルスと申します。ファイン王子の付き添いで参りました。レオン王の仰る通りです。ローラ姫の腕を突然掴んだファイン王子に非がございます。すぐに立ち去りますので、どうかお許しを」

深々と頭を下げたルクルスは、一触即発な様子の他の護衛達とは違って、低姿勢だった。

「ファイン王子。お詫びを」

「嫌だ。ローラと結婚するのは俺……」

「王子！　陛下からくれぐれも騒ぎは起こさないよう命じられているでしょう。ローラ姫を驚かせたのは事実なんですから、謝罪を。このままだとローラ姫がおかわいそうです」

ルクルスが必死の形相で囁くと、ファインは口をとがらせた。

だがこちらを一度見つめて、悔しそうに顔を伏せる。

「……………ううっ。も、申し訳なかっ……た」

いろんな葛藤が心に渦巻いているのだろうが、ファインは頭を下げた。

レオンが小さく頷く。

「互いの国の為にも節度ある行動をお願いしたい。ローラ姫、参りましょう」

レオンに促されて、慌ててついていく。しばらく歩くと、彼は足を止めた。

「なぜマントを頭から被っているんだ。取って」

ひっと心の中で叫んだが、さっと手で顔を確かめると、じんましんが引いていた。

ほっとしてマントを取る。

「怖かったもので、思わず隠れてしまいました」

ローラならきっとこう言うだろうと思ったが、レオンは眉根を寄せた。

「怖かった……ね。そうか、なるほど」

(何だか意味深な雰囲気があるけど、じんましんはもう引いているし、大丈夫なはず。それよりも……)

「申し訳ありませんでした」

「何の謝罪かな。勝手に村を抜け出した事? 他国の王子を殴った事?」

「両方です」

完璧な王妃になるのなら、他国の王子を殴るなんて真似は絶対にしてはならない。

すぐさま破談だと言われても文句は言えなかった。何とか考え直してもらうにはどうしたらいいかと必死で考えていると、レオンが肩を竦めた。

「ファイン王子とは王族同士の付き合いの関係でたまに会うけど、昔から変わった男でね。さっきのは突然腕を摑んだ彼が悪いんだし、今回だけは見逃してあげるよ。だけど今度他国の王子を殴りつけるなんて事をしたら、結婚は破談にする。よく覚えておいて」

なぜあんな事をしたと問い詰められると思っていたが、見逃すと言われて驚いた。

(案外、公平なものの見方をする人なのかもしれない)

彼が告げ口をしたせいで謹慎になったので、卑怯な男だと思っていたが、ファーストデンテ国に来てから彼の印象が少しずつ変わっていた。

「……ありがとうございました」

素直に頭を下げると、レオンが微笑んだ。

夜になり、ユリアは自分の姿をしたローラと、こっそり宿を抜け出し森を歩いていた。

昼間散歩に見せかけて、護衛達の配置を確認しておいた。村の西側は警備が手薄だったので、夜になるのを待ち、ローラとともに護衛の目をすり抜けたのだ。

小さなランプと月明かりを頼りに暗い森を進んでいると、ローラが震える声を出す。

「ユリア、本当にこちらの方角でいいの?」

足下をランプで照らし、ローラの手を握って一歩一歩進みながら、頷いた。

「はい。星の位置からすると、この方角に湖があるはずです」

ローラが夜空にきらめく星を見上げた。

「星の位置で方向がわかるなんて。ユリアって本当に賢いのね」

「軍学校で習ったんです。さあ、ローラ姫。湖に出ました」

前方の開けた場所に、月明かりに照らされて輝く湖があった。

ローラと二人で湖の際に立ち、水面を見つめる。

「本当に一緒に湖に入れば、もとに戻れるのかしら」

「伝説では、入れ替わった姉妹はそうだったようです。試してみる価値はあるかと。ローラ姫、念の為に伺いますが、泳げますか？」

湖に入るのはいいが、もし溺れでもしたら大変だ。

「ええ、大丈夫よ。あなたは？」

「泳ぎには自信があります。子どもの頃から近くの川で水遊びして育ちましたので」

「それはよかったわ。でもこんな夜遅くに二人で湖に入るなんて不安だわ」

怯えたように体を震わせているローラの手を、そっと握る。

「お気持ちはわかります。ですが、結婚式はもう間近。わたしがローラ姫のふりをするのにも限界があります。戻れる可能性があるのなら、試した方がいいでしょう」

戻ってしまったら、ローラには政略結婚が待っている。だから本当はこんな事を言うのは辛かった。こんなにか弱い王女に国の未来を背負わせるなんて。

「わかっているわ。ヨルン国の為に結婚はしなければ。いままでありがとう。ユリア」

無理して微笑んでいるのはわかっていた。涙が溢れそうになる。

「いいえ。あまりお役に立てなくてすみません」

それだけ言うのが精一杯だった。ローラが湖に向かい、表情を引き締める。

「行きましょう、ユリア。でも、やっぱり少しだけ怖いから、手を繋いでいてくれる？」

小首を傾げた姿は、自分の顔なのに愛らしく見えた。

「はい、ローラ姫」

二人で手を繋ぎ湖に一歩踏み入れる。冷たい水の感触に、背筋が震えそうになった。

それでも不安な気持ちは表情には出さない。

自分が怖がったら、ローラはもっと不安を募らせるだろう。

湖に一歩ずつ入り、やがて胸まで水につかる。いまのところ体に何の変化もなかった。

互いに顔を見合わせる。

「頭まで水につかりましょう。全身入らないと駄目なのかもしれません」

ローラが頷いた。二人で息を吸い込み、覚悟を決めて頭まで水につかる。

（お願い。もとに戻って……！）

祈るような気持ちで心の中で叫ぶと、ふいに体がふわっとして、意識が遠くなった。

「しっかり……！　目を覚まして」

聞き覚えがある男の声がして、ユリアははっと目を開けた。

辺りは暗く、どうやらびっしょり全身が濡れているようで、寒気がする。

目の前には、心配げなレオンの顔があった。

「あっ……！」

思わず飛び起きると、レオンが珍しく怒ったような表情になった。

「目覚めてよかったけど、真夜中に抜け出して湖に入るなんて、死ぬところだったよ！」

レオンもびしょ濡れだ。どうやら湖で気を失って、彼に助けられたらしい。

「わたし一人ではなかったはず……」

「ああ、もう一人なら、そこにいるよ。気絶しているけど、無事だ」

（よかった！　ローラ姫の姿を確認しなくては。きっともとに戻れているはず……！）

期待に胸を膨らませて、隣に横たわっている人物に顔を向けた。

「うっ……！」

驚きで思わず口元を覆った。隣で寝ていたのは、長い赤毛の長身。そばかすだらけの顔の自分だ。驚いて俯くと、はらりと夜の闇でも輝く金髪が膝に落ちてくる。

「ああああああ……!」

思わず声が漏れた。湖に一緒に入ったら、もとに戻れると信じていた。

(戻ってない! 駄目だったんだ……!)

両手を地面について、項垂れた。レオンが眉根を寄せる。

「礼ぐらい言ったら? 二人とも湖から引き上げるのは大変だったんだよ。ユ、ユリア」

「はい、すみません。ありがとうございます。……ん!?」

助けてくれたのは事実なので、素直に礼を言い、ふと違和感に気づく。

(いま、わたしの事をユリアって呼んだ?)

つい返事してしまったが、もとに戻っていないのは確かだ。

ではどうして彼はユリアと呼んだのか。

慌てて振り返ると、レオンが意地の悪い笑みを浮かべていた。

(しまった! かまをかけられた。……いや、まだだ。何とかごまかせるはず……!)

「……わたしはローラです。いま、間違えましたよね」

「いいや。間違えていない。ようやく君達の〝秘密〟がわかったよ。君がユリアだ」

指摘されても表情は変えなかった。ここでうろたえたら彼の思う壺だ。

「何を馬鹿な事を。ユリアならそこに……」

気を失っているローラを手で示したが、レオンは自信ありげな顔を崩さなかった。

「湖の伝説は我が国では有名だから、私も知っていた。二人の姉妹が湖で水浴びしていたら、精霊のいたずらで体が入れ替わった。そして再び二人で湖に入ったらもとに戻った。信じられない事ではあるが、君達も崖崩れの事故の時、体が入れ替わったんだろう?」

レオンが立ち上がり、腕組みする。

「ずっと君の様子がおかしいと思っていた。知っているはずの事を知らないし王女としての礼儀作法もできていない。何より印象がまるで違う。私の目をまっすぐ見る事もできなかった弱々しい姫が、我が国に来てからは私に意見するまでになった。まるで別人だ」

レオンが自分の体をしたローラに目を向けた。

「君だけが様子がおかしいのだとしたら、頭を打ったせいと納得したかもしれない。しかし〝ユリア〟の様子もおかしかった。ヨルン国で初めて会った時は、誰が相手でも間違いは間違いだと言える気概が、ユリアにはあった。でもここにきてからのユリアはいつもおどおどしていて、あの時の勇ましさがない。代わりに君がとても勇ましくなった」

レオンの言葉が心に刺さるようだ。まっすぐに見つめると、レオンがふっと笑う。

「その目だ。ヨルン国の城の蔵書室で、君は私にその正義感に溢れた目をまっすぐに向けてきた。まぶしいくらいだった。またその目に会いたいと思っていたんだ」

レオンは確信を持っているようだ。しかし肯定するわけにはいかない。

(この結婚にヨルン国の未来がかかっている。何とかしないと……！)

「……わたしはローラです」

「おや、まだそう言い張るのか。往生際が悪いな。では、証明してみせよう」

レオンは息を大きく吸い込んだ。

「君達の様子がおかしいのはわかっていたけど、まさか入れ替わっているなんて非現実的な事は思っていなかった。君がローラではないと確信したのは今日の昼間だ。君はファインに腕を掴まれた時、顔にじんましんが出ていた。そしてファインを拳で殴った。ヨルン国の城の蔵書室で、私に手を掴まれたユリアがまったく同じ反応をした。あれは病気か何かだろう。状況から察するに、男に触られるとあの症状が出るんだな」

さすがにレオンは鋭かった。

「それにあれでもファインは軍事国家の王子だ。大柄だし、かなり鍛えている。その彼を拳でたたきのめすなんて、ローラ姫にできるはずがない。ユリアの事を調べさせたが、剣術も体術も勉学も軍学校で首席。融通は利かないが、とても優秀だそうだね。それぐらいでなければ、ファインを殴り倒したりできないぞ」

下手な事は言えない。どうごまかすか頭をフル回転させているとレオンが苦笑した。

「私をごまかそうなんて無理だよ。昼間、村長から湖に一緒に入ればもとに戻れると聞いて、ここに来たんだろう。入れ替わっていないなら、なぜそんな事をしたのか説明して。

二人で夜中にこっそり湖に入ったのは何の為かな？」

　ぐっと言葉に詰まった。

（やっぱり、村長との話を聞いていたのか……！　だからわたし達をつけてきたんだ）

湖に突然彼が現れたわけがようやくわかった。しかしどうこの場を切り抜ければいいのかは、まったくわからない。心の中で焦っていると、レオンが息をついた。

「事情を説明してみたら？　話次第で結婚式をあげるか破談にするかを考えるとしよう。この期に及んで嘘やごまかしはもうなしだ。いつまでもそんな愚かな事をするなら、この場で破談にするから覚悟して」

　その一言がとどめだった。彼はもう真実を確信している。だったらできる事は一つだ。

「申し訳ありませんでした！」

　その場で土下座した。頭を地面にこすりつける。

「確かにわたしはユリア・クロジッドです。だましてすみませんでした。なぜかはわかりませんが、崖崩れの事故の時に、ローラ姫と体が入れ替わってしまったんです。わたしがローラ姫を言いくるめて、姫のふりをしました。責任はすべてわたしにあります」

　顔を少しだけ上げた。レオンは腕組みをしたまま無表情だ。

「ローラ姫は何も関係ないんです。わたしがローラ姫に互いのふりをするよう……」

「本当にそうかな？」

問いかけられて、もう一度頭を下げる。

「本当です。結婚が破談になれば、ヨルン国はホラクス国に攻め入られる可能性が高い。もとに戻る方法を探る時間を稼ぎたくて、ローラ姫になりすましたんです。すみませんでした！　こんな状況でお願いするのは、勝手だとわかっています。ですが、どうかお願いです。ヨルン国の為にも、結婚を成立させてください」

頭を下げたまま、しばし時が流れた。微動だにしないでいると、何か考えていたのか無言だったレオンがようやく声を上げる。

「なぜ君がそこまで国を憂うんだ。ローラ姫のふりをして周りをだましていた事が知られたら、君だってただではすまないぞ。しかも、ローラ姫にそれを提案したと知られたら、責任を問われるのは君だ。それだけ自分を犠牲にするのには、理由があるんだろう。忠義心に厚いだけではないと思うけど」

彼に嘘は通じないと思った。本音を話さなければと、少しだけ頭を上げる。

「……わたしが軍人になったのは、三年前に亡くなった父の願いを叶える為です。父は軍人でしたが、要領が悪くて出世とは無縁で。だけど尊敬できる人でした。父に病気が見つかった頃、ホラクス国がヨルン国への侵略の準備を始めたという情報が入ったんです。情報を管理する部署にいた父は、病を押して戦争にならないよう奔走していました」

父の事を思い出すと、涙が溢れそうになる。しかしそれをぐっと堪えた。

「無理がたたって倒れ、余命がいくばくもない中で、それでも父は〝ヨルン国が子ども達が安心して暮らせる国であってほしい〟と願っていました。わたしは父の死の間際、軍人になってその願いを叶えると約束したんです」

その時の事はいまでも頭に焼き付いている。

痩せこけて立つ事も難しくなっていた父は、病床でも国の危機管理の仕事をしていた。

書類を持つ手が震えていた父を手伝った。

軍人として一緒に働く事はできなかったけれど、あの時間はいまでも大切な思い出だ。

「父が亡くなってから軍学校に入り、近衛隊に入隊しました。ですが謹慎処分になってしまい、このままでは騎士団を強制退役になると焦っていました。父との約束を守れないままでは終われないと」

謹慎の理由である、レオンを見上げた。

彼を殴ってしまったのは、さすがにまずかったといまでも思っている。

「そんな時、ローラ姫にファーストデンテ国へ同行してほしいと言われました。話を伺い、この結婚が成立すれば、ヨルン国の未来を守れる。父との約束が果たせると思ったんです。軍人としてこれからどうなるかわからない状況で、これが父の願いを叶える最後のチャンスだと思いました。だからその為だったら、何でもしようと誓ったんです」

しっかりとレオンの目を見つめ、話を続けた。

と思ったんです」

「体が入れ替わったのを知り、父の願いを叶える為には、ローラ姫のふりをするしかない

気持ちが届いてほしいと願った。強制退役寸前の自分がヨルン国の平和の為にできる事は少ない。しかし王女ローラの姿をした自分なら、父の願いを叶えられる。

その思いに突き動かされて、ここまで来たのだ。

「だます事になって申し訳ないと思っています。ですが、どうかお願いです。何とかして戻る方法を考えますので、破談にしないでください！」

頭を地面にこすりつけた。正直なところ、レオンが承諾するとは思っていない。この状況で結婚したとしても彼には何の得もないからだ。それでもこうせずにはいられない。

しばらくの時が流れ、ようやく頭の上からレオンの声がした。

「……条件付きでなら、結婚式はあげてもいい」

思いがけない言葉に慌てて顔を上げた。レオンが手を差し伸べる。

「いつまでも土下座してないで立って。女性にこんな事をさせたなんて知られたら、私の評判が下がるだろう」

苦笑したレオンは、いつものように軽口を叩いた。

「は、はい……」

促されて立ち上がる。背の高い彼を見上げた。

「本当に、結婚してもらえるんですか?」

信じられなくて思わず口にすると、レオンは肩を竦めた。

「条件付きだと言っただろう。三つの条件をのめるなら、考えてもいい」

「わたしにできる事なら、何でもします!」

胸に手を当てて身を乗り出すと、レオンは一つ息をついてから口を開く。

「一つ、結婚式までにもとに戻る事。私には完璧な王妃が必要だ。しかし君ではとうてい無理だろう。だからその体が入れ替わっている状態を、結婚式までに何とかしてくれ」

「はい。方法を探ります」

結婚式まであと二十五日。本当に戻れるかはわからないが、いまは時間が欲しい。

「二つ。もとに戻ったら、君は我が国に軍人として仕える事」

意外な条件が提示されて、一瞬混乱した。

「わたしが……ですか。つまり、ユリア・クロジッドがですよね」

「そう。軍でそれなりの地位を与えるし、給料もいまの倍は出すよ。家族がいるなら、我が国に連れてきてもいい。破格の申し出だと思うけど」

確かにそうだが、大きな疑問があった。

「どうしてわたしを? わたしはあなたを殴ったし、蔵書室にも入れなかった」

「だからいいんだ。君には他国の国王相手でも怯まない根性と、軍人としての信念がある。

正義を貫き通す姿勢もすばらしい。だから身元を調べさせた。我が国に引き抜こうと思ってね。私は欲張りなんだ。完璧な王妃も必要だが信念を持つ信頼できる臣下も欲しい」

微笑まれて、頭の中が混乱していた。

「わたしの事を嫌っていたでしょう」

「いいや。そんな事をいつ言った?」

「蔵書室で殴った事を告げ口したじゃないですか。それで謹慎処分に……」

レオンがぐっと眉根を寄せた。

「ちょっと待て。告げ口なんかしてないよ。あの時は蔵書室にある、ヨルン国の宝石の流通についての資料を見たくて行ったんだ。ヨルン国の国王は結婚してからでなければ、宝石に関する詳しい資料は見せられないと言っていたが、結婚するかどうかの判断材料にする為に、事前に知りたくて」

レオンが腕組みをした。憤慨した表情で話を続ける。

「内密に入ろうとした私が悪いのだから、君との事は誰にも言わなかった。次の日、近衛隊に蔵書室のある建物に入ったかは聞かれたから、散歩していて迷い込んだと言っただけだ。さっき謹慎処分にって言ってたけど、まさかあれが原因で?」

レオンは驚いているようだった。嘘ではなさそうだ。

「はい。次の日にレオン王を殴ったのかと隊長に聞かれて。わたしはあなたが処分を求めたのだと思っていました」

そういえば、殴ったと認めたあとは、隊長が怒(おこ)り出して質問もできなかった。

そのまま謹慎していたので、詳しい事は聞かされていない。だが、あの時の事は自分とレオンしか知らないはずなので、告げ口したとしたらレオンだけだと思っていた。

「私は本当に何も言っていない。あの時誰かに見られていたんじゃないのか？」

そう言われてはっとする。建物の入り口を見張っていた、先輩(せんぱい)兵士ジョージの顔が頭に浮(う)かんだ。彼がこっそり見ていたとしたらどうだろう。

彼は近衛隊に入って十年以上。ずっと見張りばかりで華々(はなばな)しい出世とは無縁だった。近衛隊に入隊して一年も経(た)たないのに、王族の警護につく自分をうらやましがっていた。

もし彼が嫉妬(しっと)のあまり、隊長にあの事を事実をねじ曲げて告げ口したとしたら……。

わなわなと怒(いか)りで震えていると、レオンがそっと顔を近づける。

息が届くぐらいの距離(きょり)で、灰褐色(はいかっしょく)の瞳(ひとみ)がきらめいた。

「私は君が欲しいんだ。初めて見た時からずっとね」

(何だか、すごく意味深に聞こえるけど。まるで愛の告白をされているみたいな気がする。でもまさかそんなはずない。レオン王が欲しいのは、軍人としてのわたしだ)

どきっとしたが、そんな自分を知られたくなくて、表情は変えなかった。

「ユリア。君が我が国に仕える事を受け入れ、結婚式までにもとに戻(もど)れたなら、私は欲し

かった〝完璧な王妃〟と〝信頼できる臣下〟の両方が手に入る。それに大陸に住む者として、できたらヨルン国が滅ぼされるのは見たくない。この結婚でヨルン国が救われて私が欲しいものを得られるなら、猶予を与えてもいい」

こちらとしても願ってもない話だった。ほっとすると同時に、自分が恥ずかしくなる。

（謹慎させられたのは、彼のせいじゃなかった。わたしの誤解だったんだ。猶予も与えてくださったし、レオン王は実はいい人なのかも……）

嬉しくて微笑もうとすると、レオンが人の悪い笑みを浮かべた。

「ああ、三つ目の条件を言い忘れていた。最後に、もとに戻るまでの間、君が本当にローラ姫のふりをできるか確かめたい。君達の正体がばれれば、それを知っている私も共倒れになる可能性がある。それは困るから、城に戻ったらティーパーティーをしよう」

「は⁉　何でティーパーティー？」

目を瞬かせて思わず声を上げた。

「完璧な王妃として振る舞えるかテストする為だ」

「テスト……ですか？」

思わず顔が引きつる。まさかこんな条件を出されるなんて思っていなかった。

「そう。明日城に戻ったら、その五日後にティーパーティーを開く。我が国の貴族を呼ぶから、次期王妃としてもてなして。そうだ、しばらく天気が良さそうだから、ガーデンパーティーにしよう。庭の飾り付けと軽食、お茶の準備も君が侍女に命じてくれ」

　レオンは、子どもがおもちゃを見つけた時のように楽しそうだ。

「あ！　もちろん本物のローラ姫が横についてこっそり指示するのはなしだ。事前の打ち合わせは認めるけど、当日は彼女には〝ユリア〟として君と離れて警備についてもらう」

　さあっと血の気が引いた。

（これはまずい……！　わたしは貴族だけど、身分は高くないから王族が開くパーティーなんて参加した事すらない。ティーパーティーの準備ってどうやるんだろう）

　心で叫んでいると、レオンがぽんっと手を打つ。

「せっかくだから盛大なパーティーがいいな。当日は百人以上の貴族達を招待しよう。彼らの名前と身分、貴族達の関係性などをリストにするから、全部覚えて。名前を呼び間違うとかはあり得ないからね。完璧な王妃なら、それが当然だろう」

（五日でパーティーの準備と、百人以上の招待客の情報を覚えるなんて、無理に決まってる。しかもローラ姫としてパーティーで振る舞うなんて……！）

　心の叫びを声に出したかったが、何とか堪えた。

「……ですが、お名前やご身分はリストで覚えられても、お客様のお顔を存じ上げないので、お名前とお顔が一致しません」

「それはそうだな。では侍女をつかせよう。パーティーで侍女に一度だけ客の名前を教えさせるから、その時に顔を覚えていかにも親しげなそぶりをするんだ。一度教えた相手は二度と名前を教えないから、しっかり覚えてね」

その手法はヨルン国の国王がよくやる手だった。相手の名前と顔が覚えられないので、記憶力がいい者をそばに仕えさせ、その場で情報を教えてもらい、さも親しげに会話する。社交の場においては、よく見られる光景だ。

（一度しか名前を教えてもらえない。つまり、その時に顔と名前を頭で一致させて、それ以降は間違えてはいけないって事か。ただでさえ慣れないパーティーの進行をしつつ、百人以上の招待客の顔と名前を覚えておもてなしするなんて、そんなの絶対不可能だ！）

「……わかりました」

心ではどうしたって無理だと思っていたが、それを正直に言えば、レオンに結婚を破談にされてしまう。内心の焦りに気づいているのか、レオンは実に楽しそうだった。

「王妃として優雅に振る舞い、客達の相手をするように。そのぐらいできなくては、完璧な王妃なんて務まらないよ。そうそう、事故で記憶があいまいだなんて他人に知られたら、弱みを見せる事になる。絶対に知られては駄目だ。もし知られたら、その場で破談にするからね。何か失敗しても、破談だ。いいね」

「はい。でもこれってまさか、殴られた事への仕返しではないですよね？」

思わず本音が口から出ると、レオンはいたずらっぽく笑った。

「実はそれもある。君が慌てふためく姿は見ていてなかなか楽しいし」

あっさりと認めたレオンに呆れてしまった。

「本当だったらこの場で破談にするところだけど、私は君が気に入っているから、チャンスをあげるんだよ。ティーパーティーをうまく進行できたら、君の努力を認めてもとに戻る為の協力を惜しまないと誓うよ。なかなかいい提案だと思うけど」

面白がっている様子だが、このチャンスは逃せないと思った。

「わかりました。やってみせます」

レオンが嬉しそうに頷いた。

「では、契約は成立だ。もとに戻るまでは、体が入れ替わっている事は周りには隠しておいた方がいい。知られたら、混乱を招くだけだ。それには私も協力しよう。だから二人で内緒で湖に入るなんて二度としないでくれ。本当に死ぬところだったぞ」

「すみませんでした」

素直に謝ったのは、心から心配してくれているのが伝わってきたからだ。

(権力に物を言わせる嫌な奴だと思っていたけど、違ってたみたいだ。勝手に勘違いして、申し訳なかったな)

「レオン王。ありがとうございました、助けてくれて。このご恩は一生忘れません」

微笑むと、レオンは驚いたような顔をして、笑みを浮かべた。

「信頼できる臣下を持つには、こちらも誠意を尽くすべきだ。気にしないで」

レオンは笑みを浮かべていても、いつも目には鋭い光が宿っていた。

しかしいまはそれがない。

心からの笑みを浮かべた彼は、大陸の太陽と呼ばれるにふさわしくまぶしかった。

「いつもそんな風に笑っていればいいのに。とても素敵です」

思わず本音が漏れると、レオンは眉を上げた。

「気を許した相手にしか、本当の笑顔は見せない事にしているんだ」

油断ならない男だという最初の印象は当たっていたと思う。

彼は柔らかな物腰で周囲に壁を築いているように思えた。

それは国王として必要な壁だったのだろう。

本当の笑顔を見られたという事は、少しだけ彼に近づけた証のような気がした。

彼の笑みを見ていると、なぜだか胸がドキドキと脈打った。

(どうしたんだろう。何だかまぶしすぎてレオン王の顔がまともに見られないな。気恥ずかしいというか、なんというか……)

心の中であたふたしていると、レオンが気絶しているローラを抱きかかえた。

「そろそろ帰ろう。体が冷えると風邪を引くし。はぐれずついてきて」

ファーストデンテ国の国王が自分の体を抱えているという、不思議な光景を目の当たりにして、申し訳ない気持ちになりつつ彼のあとを歩いた。

しばらくして、レオンが自分の歩幅に合わせてくれているのに、ふと気づく。

「すみません。歩くのが遅くて」

「ゆっくりでいいよ。転ばないで」

(暗いし森の中だから、歩きやすい道を探りながら歩いてくれているんだ)

告げ口の件が誤解だとわかったいま、彼をいままでとは違った目で見られた。

「……ありがとうございます」

「いいって。感謝の気持ちがあるなら、早くもとに戻ってほしいな。私は君が……ユリアが気に入っているんだ。ずっと話しかけたかったんだけど、近づこうとしたらいつも逃げられるかローラ姫に邪魔されて」

レオンが苦笑している。自分の体に入ったローラは、入れ替わりがばれるのを恐れるあまり、レオンの視界になるべく入らないようにしていた。

「なるべく早くご期待に添えるよう努力します。……ところでレオン王。湖の伝説はご存じなんですよね。伝説の通り、ローラ姫と一緒に湖に入ったらもとに戻れると思ったんですが、駄目でした。何か他に必要なものがあるのかもしれません。何かご存じでは？」

歩きながら、レオンがこちらに目をやった。

「私も詳しくは知らない。村に帰ったらもう一度村長に話を聞いてみるといいが、私が思うにそもそもあれはただの言い伝えで、本当の話ではないと思う」

「え？」

思わず立ち止まると、レオンも足を止めてこちらに向き直った。

「私も村長から湖について聞いたけど、あそこでは昔から村の子ども達がよく水遊びしているらしい。おそらくいままで数え切れない人たちが湖に入っているはずだ。それなのに実際に体が入れ替わったなんて奇妙な話は聞いた事がないと言っていた」

確かにと思わず頷く。村から湖まで歩いていける距離だから、他にもあの湖に入った事のある人がいて当然だ。体が入れ替わるなんてとんでもない状況で混乱していたとしても、なぜ気づかなかったのかと愕然とする。

「では、入れ替わったのには他に原因があるのでしょうか」

何とか気を取り直して、疑問を口にした。

レオンは頼りになるし、状況を知っても、協力すると言ってくれた。

一人で考えるより、この国の事をよく知っている彼の意見を聞きたかった。

「ないとは言い切れないかな。城に戻ったら何か情報がないか調べてみよう。とりあえず調査は私に任せて、君はティーパーティーの手配と、結婚式の準備にとりかかって」

ローラの姿では行動も制限される。

自分の手で調査をしたいのは山々だが、受け入れるしかなかった。

用意された宿で、ローラの眠っている様子を見ながら、ユリアは一睡もできなかった。

彼女の目が覚めたのは翌朝だ。

すぐに鏡を見たローラはもとに戻っていない事に気づいて、項垂れた。

「駄目だったのね……」

涙ぐんだローラに慌てて駆け寄る。

「泣かないでください、ローラ姫」

「だってユリアに申し訳なくて。またあなたが私の姿で苦しむのかと思うと……」

他人の事を思って泣くローラはなんて優しいのだろうと思った。

「わたしは大丈夫です。ローラ姫、実はもう一つ、お伝えする事がございます。レオン王に秘密がばれてしまいました」

「なんですって……!」

慌てて顔を上げたローラに、昨夜の事を話して聞かせる。

「……というわけで、三つの条件をのめば、結婚式まで猶予を与えると仰いました」

「一つ、結婚式までにもとに戻る事。二つ、もとに戻ったらユリアがファーストデンテ国に仕える事。三つ、ユリアが私のふりをできるか確かめる為に、ティーパーティーを成功させる事……。そんなの納得できないわ。ユリアがヨルン国に戻れなくなってしまう」

ローラが怒りで顔を赤くした。彼女が怒っているのを見るのは初めてだ。

「ヨルン国の為になるのなら、ファーストデンテ国に仕える事になったとしても、わたしはかまいません。ローラ姫もこの国に嫁がれるのですから、ずっとお守りできます」

微笑むと、ローラが目に涙をためた。

「あなたばかりに苦労をかけているわ。本当にごめんなさい、ユリア」

「わたしは平気です。それより、さしあたっての問題は、五日後に開催されるティーパーティーです。ローラ姫としてうまく乗り切らないと、結婚が破談になります」

「私が手伝っては駄目なの？」

「はい。事前の準備を教えて頂くのは大丈夫ですが、当日はローラ姫は離れて警備の仕事をするよう言われました。今日城に戻りますが、帰ったらすぐにティーパーティーの準備を始めたいと思います。レオン王が望む準備ともてなしができなければまずいです」

レオンは優しそうに見えるが、自分にも他人にも厳しい人だと思う。失敗したら、本当に破談にされるだろう。彼の信頼を勝ち取る為には、成功させるしか道はない。

「具体的にどうすればいいの？」

「準備の必要事項を紙に書いてください。記憶力には自信があるので、それを覚えてわたしが準備します。もちろん助けて頂く機会は多くなると思いますが」

ローラは目を伏せて小さく頷いた。

「わかったわ。怖いけど、ユリアと一緒なら頑張れると思う」

いじらしい言い方だ。自分が男ならローラに恋するのは間違いない。

「一番不安なのは行儀作法です。わたしは貴族のはしくれですが、やはり王族から見ると無作法なようで。そこをレオン王にも指摘されました。ティーパーティーが成功するかは、わたしが王女らしく振る舞えるかが鍵になると思います」

行儀作法は一朝一夕で覚えられるものではない。悩んでいるとローラが微笑んだ。

「何か言われても、お国柄の違いだとごまかせばいいわ。これがヨルン国では普通なんですって言い張っていれば大丈夫」

「そうですね」

ローラの笑みにつられてそう返事したものの、彼女らしくない言葉だなとふと思う。思わず眉根を寄せると、ローラが両手を胸の前で振った。

「ああ、ごめんなさい。私ずっと混乱していて。ごまかすなんてよくないわよね」

しょぼんとしたローラはいつもの彼女だ。その姿を見て、納得した。

(こんな状況なら、普段と違う判断をしたって不思議じゃない)

「いいえ。参考になりました。いざとなったらお国柄の違いだと言い張ってみます」

ローラが微笑んで立ち上がった。

「帰ったらすぐティーパーティーの準備に必要なものを書き出すわ。と言ってもファーストデンテ国のパーティーには私も出た事がないから、ヨルン国でのティーパーティーを準備するつもりで書くわね。何か違うと言われたらヨルン国ではこうだと言うしかないわ」

頷くと、ローラが気を取り直したように息を整えた。

「でも、どうして湖に一緒に入ったのに、もとに戻れなかったのかしら」

「さきほど顔を洗いに外に出たら村長に会って、もう一度話を聞きました。昔から村人が湖でよく水浴びしているけど、体が入れ替わった事はなかったそうです。伝説も実際に起きた事ではなかったようで。残念ですが体が入れ替わったのは湖が原因ではないのかと」

湖に落ちた前後で体が入れ替わった。湖には体が入れ替わった姉妹の伝説もあったし、無関係だとはとても思えなかった。だが二人で湖に入っても、もとには戻れなかった。

「事故があった時の事を、もう一度整理した方がいいかもしれません。あの事故の時に体が入れ替わったのは間違いないと思うんです。あの前後で何か変わった事はなかったでしょうか。あの時は確か馬車にローラ姫と一緒に乗っていて、そして……」

思い出そうとすると、ローラがはっとした顔つきになる。

「崖崩れの事故は、誰かが仕組んだものだったわよね」

「ええ。レオン王から伺いましたが、昨日の調査で、崖の上に爆薬を仕掛けたあとが見つかったそうです」

「それって、私達を狙ったのよね。きっと結婚に反対する何者かの仕業だと思うの。その犯人は、結婚を阻止する為なら何でもやるでしょうね」

　ローラの呟きに、頭の中で何かがはじける音がした。

「……もしかしたら、結婚を阻止する目的で、その犯人が何らかの手段を使ってわたしとローラ姫の体を入れ替えたとか？」

「ええっ!?　でもそんな事が実際にできるのかしら？」

「方法はわかりません。でも実際にわたし達は入れ替わっています。これも犯人の狙いの一つだとしたら……」

　詳しい事はわからない。しかし口にしたらそれが真実のように思えた。

「事故を故意に仕組んだ犯人がいる以上、わたし達のいまの状況と無関係だとは思えません。もし犯人がわたし達の入れ替わりに関わっているとしたら、犯人を捕まえられたら、もとに戻る方法がわかるかもしれません」

　ローラが嬉しそうに頷いた。

「確かにそうかもしれないわね。私は、犯人は結婚を阻止したい誰かだと思うの。一番あやしいのは、ホラクス国だと思うわ。それと……嫌な話だけど、ファーストデンテ国の貴族達の中にも、結婚に反対している人達がいると聞いたわ」

「貴族達は自分の娘を王妃にしようと、見合い話を強引にレオン王にもちかけたそうよ。貴族達の間でもめ事も起きて、怪我人が出たり殺されそうになった人もいたんですって。レオン王はそれにうんざりして、他国から妻を迎える事にしたそうなの」

「そうなんですか？」

初耳だった。確かにファーストデンテ国の誰かが、王妃の座を狙ってローラとの結婚を阻止しようとした可能性はあるだろう。

「国王も大変ですね」

思わず呟くと、ローラが苦笑した。

「王族はいろんなしがらみがあるし、みんなから注目もされているし、大変よ。特に若くして国王になったレオン王のような方はね。娘を王妃にしたいとまだ諦めきれないファーストデンテ国の貴族が犯人の可能性もあるかもしれないわ」

（確かにそうだ。彼らからしたら、他国から嫁いでくるローラ姫が邪魔だと思えるかもしれない。犯人だと思われる人達の範囲が広いな。ローラ姫の姿では動けないし）

「わかりました。では、帰ったらレオン王に相談してみましょう。崖崩れの事故や貴族達の事を聞いてみます」

湖ではもとに戻れなかったが、新たな道が見えてきていた。

レオンが示した条件をすべてクリアする為にも、犯人を見つけなければならなかった。

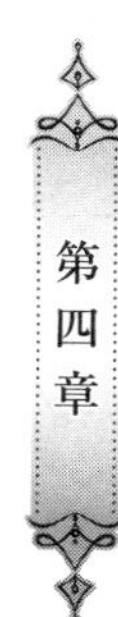

第四章

　ティーパーティー当日の空はよく晴れていて、ファーストデンテ国の城の庭には爽やかな風が吹いていた。ユリアは慌ただしそうに働く侍女と庭師に目を向けて、指示を出す。

「その花瓶はテーブルの真ん中に。右手の植え込みが少し乱れています。整えてください。お昼からお客様がいらっしゃいます。少し急ぎましょう」

　ファーストデンテ国の城のメインガーデンには、大きな薔薇のアーチがあった。

　そこを潜ると、芝生の広い庭だ。花々が咲き乱れる植え込みに囲まれた庭には、白いテーブルがいくつも置かれている。テーブルにはクロスが敷かれ、銀の食器が並んでいた。

　目を瞑り、ローラが紙に書いてくれたティーパーティーの重要事項を思い出す。

「テーブルの花はファーストデンテ国の国花である薔薇で統一。ティーパーティーだからお茶がメインだけど、軽いお酒も用意。音楽隊には曲の指示もしたし、焼き菓子とケーキ、サンドイッチにマフィンに……」

　ローラに教えてもらった情報と、侍女達から聞き出した情報を頭に思い浮かべる。

　侍女達はお喋り好きで、ファーストデンテ国のティーパーティーは初めてだから様子を知りたいと言うと、親切に教えてくれた。

音楽隊に指示した曲は、ローラがヨルン国でパーティーを主催する時に、よく演奏してもらう曲だという。庭を見回って不手際がないか確認していたローラが、戻って来た。

「準備は万端のようよ。侍女達からあなたが聞き出した話だと、ティーパーティーの内容は、基本的にヨルン国で行われるのとほぼ一緒みたいだし、これで大丈夫だと思うわ。あとはあなたが主催者として楽しめれば、パーティーは成功よ」

「楽しめと言われましても、お茶やお菓子がお客様に行き渡っているか、音楽隊の曲が気に入ってもらえるか、何より〝ローラ姫〟としておもてなしができるか、それが心配で」

思わず本音が漏れ出ると、ローラが微笑んだ。

「もっと肩の力を抜くといいわ。あなたはとても優秀な人。軍学校の剣術大会で優勝するほどだもの。偉丈夫の軍人を相手に戦うより、ティーパーティーの方が気軽でしょう」

「いいえ。剣で戦っている方がわたしにとってはよほど気軽です」

勇気づけようとしてくれているのはわかっていたが、あまりにも普段と違う状況なので緊張は隠せない。ローラが目の前に立ち、そっとユリアの手を握る。

「あなたならできる。これを成功させる事がヨルン国の平和を守る事に繋がるの。一緒に頑張りましょう」

ローラの温かな手は勇気をくれた。

（姫の仰る通りだ。何を怖がっているんだ、わたしは。これはローラ姫の体に入ったわたしにしかできない事。ヨルン国の為にやり遂げてみせる！）

「すみません、弱気になって。必ず成功させてみせます」

ローラのふりをしてパーティーを成功させるのが任務だと思えば、不安を押し殺せた。

「ユリア。私も精一杯サポートをするから、大変だと思うけど頑張って。……今回のパーティーの準備は本当にとてもよくできていると思うわ。これだけ完璧に準備できたのは、あなたが事前に侍女達から話を聞き出してくれたおかげよ、ありがとう」

ローラは辺りに目をやってそっと声を潜めた。

「それともう一つ伝える事があるわ。貴族達の名前を一度だけ教えてくれる侍女はマーサだと思う。多分、彼女がレオン王の命令を受けてあなたを見張っているわ。彼女はパーティーの準備の段階でも、目を光らせていたし」

ローラが目をやったのは、庭の片隅で侍女と話している初老のマーサだ。

ファーストデンテ国で最初に目覚めた時、事情を教えてくれた人だった。

「マーサはレオン王の乳母らしいの。侍女頭で、レオン王の信頼が厚いそうよ。彼女の前では特に失敗しないよう気をつけて。何かあったらすぐにレオン王に知らせると思うわ」

「はい。……でもよく彼女が見張りだとお気づきになりましたね」

レオンは政務が忙しいらしく、最初と最後だけ顔を見せる事になっていた。

だから誰かに、ティーパーティーがうまく進行できるか見張らせるだろうとは思っていた。問題はそれが誰かわからない事だった。

「生まれた時からヨルン国の城にいるのよ。王族が誰をどう動かすかはよくわかるの」

見かけによらず、ローラは鋭い観察眼を持っているようだ。

驚いたが、レオン王から見張りを命じられているのが誰かわかったのは朗報だ。

「わかりました。気をつけます」

ローラは頷くと、もう一度会場を見回ると言って、その場を離れた。

気を引き締め直して、最終確認として身だしなみをチェックする。

身にまとっているのは、ローラにアドバイスされて用意したグリーンのドレスだ。

動きやすいよう、ドレスの丈は足首ほど。金色の髪は結い上げられて、銀の髪飾りがさしてある。真珠のネックレスと耳飾りをつけた姿をさきほど鏡で見たが、本当に可愛らしくて同性である自分でも惚れ惚れした。準備は完璧だが、一番心配なのは挨拶だ。

(王族としての挨拶のマナーをローラ姫に教えてもらったけど、大丈夫だろうか。よく言えばおおらかだけど、悪く言えばがさつだってよく言われていたし。……いや、考えても仕方ない。まずはお出迎えに集中しなくては。もうすぐお客様もいらっしゃるし)

「……ラ姫、ローラ姫！」

慌てて振り向くと正装にマントを羽織ったレオンが、腰に手を当て立っている。

レオンが声を潜めた。

「ローラ姫と呼ばれたら反応しないと駄目じゃないか。そんなにぼうっとして大丈夫？」

「申し訳ありません」

両手でドレスの裾をつまんで頭を下げた。レオンが片眉を上げる。

「おや、少しは行儀がよくなったみたいだね」

言い方にカチンとくるが、おそらく褒められたのだろう。

「準備は合格点だ。もうすぐ客達が来る。もし何か失敗したら、その時点で結婚は破談にするから気をつけて。招待客のリストは覚えたかな？」

「はい」

「ではあちらにいらっしゃる白髪の老人は、ラディッシュ伯爵だ。注意事項は？」

薔薇のアーチの向こう側に、ちらほらと招待客が集まり始めていた。

酒を飲みつつ他の貴族と語らっている、小柄な白髪の紳士に目を向けた。

「ラディッシュ伯爵、六十七歳です。三回結婚されていて、子どもが八人。いまの奥様は二十一歳。前の奥様やそのまた前の奥様も良家のお嬢様で、お二人とも結婚式にも招待されています。だからできるだけ、伯爵と近づかないように気を配ります」

「じゃあ、あちらの黒髪の青年は？　彼はデューリッヒ子爵だ」

「デューリッヒ子爵。二十二歳。今日はお一人ですが、結婚式は婚約者と一緒に招待されています。注意事項は、お酒を飲ませすぎない事」

ティーパーティーに招待されているのは、ファーストデンテ国の貴族百二十一人だ。

今日の招待客は結婚式にも呼ばれている。

レオンから彼らの特徴と身分、注意事項などが書き込まれたリストをもらっていた。

次々と客達の事を聞かれて、頭をフル回転させて何とか答えた。

「……よく覚えたね」

褒めているはずなのに、レオンはやや口をとがらせていた。

「失敗した方が面白かったのに、とても仰りたいような口調ですね」

思わず本音が口から出る。レオンが口元を覆い、いたずらっぽく目を輝かせた。

「その気が強い感じは私は好きだけど、他の人の前では控えないとね。君がローラ姫ではないとばれてしまうよ」

「わかっています。大人しくしますので」

しずしずと答えると、更にレオンが口をとがらせた。

「うーん。完全に大人しくなってしまうと、それはそれでつまらないな」

「ええっ!? じゃあどうしたらいいんですか？」

レオンがしばらく考え込んで、ぽんっと手を打った。

「そうだ！ 私と二人だけの時は素の君でいい事にしよう」

思わず目を瞬かせた。

「素のわたしはヨルン国の近衛隊員で、特に面白みもない人間です。ローラ姫のように美しくもないし、お料理上手でもありません。話してもつまらないと思いますが」

「そんな事はないさ。私は君が気に入っている。他国の国王相手でも怯まない君がね。正直に言うと、ローラ姫より君を妻にしたいぐらいだ」

　とんでもない事を言われて、思わず眉根を寄せた。

「もうすぐ結婚式をあげる人が、よくもそんな事を言えますね」

「結婚と恋愛は別だから。ローラ姫を妻にしたとしても、君には私の特別な人としてそばにいてほしいと思っているんだ」

　灰褐色の瞳で見つめられて、思わず首を傾げた。

「……どういう意味ですか？」

「言葉通りの意味だ。君が好きだから一緒にいたいんだ。いいだろう？」

　甘い声で囁かれると胸がうずいた。森で二人で話して誤解が解けてから、レオンの事が気になっていた。あの時、彼の笑顔がまぶしくて正面から見るのが気恥ずかしいと思ったのは、彼に恋をしているからだと思う。

　彼は事情を知ってもチャンスをくれて、協力してくれている、公平で頼れる人だ。男性恐怖症な事もあって、人をそういう意味で好きになった事はない。だから誰かの事を考えて胸が苦しくなるなんて初めてだ。彼に好意を示されるのは嬉しいはずだった。

「……わたしは、結婚と恋愛が別だとは思いません」

嬉しいはずなのに、口から出たのはそれだった。嬉しさよりも怒りが先に立ったのだ。

「え？」

レオンが目を瞬かせた。こんな反応をされるとは思わなかったのかもしれない。国王であり、大陸の太陽と噂される見目麗しいレオン。女性関係が派手だというのは聞いていた。きっと甘く囁いて拒絶された事なんてないのだろう。

「あなたとは価値観が違うようですね。それにわたしはヨルン国の近衛隊員として、ローラ姫を裏切るような真似はできません。お約束通り、もとに戻ったらこの国に軍人として仕えますが、奥様がおられる方とは恋愛できません。失礼します」

レオンの機嫌を損ねてはならないとわかっていたのに、思わず本音が口から出た。

王族である彼と価値観が違うのは当たり前だ。彼の言葉が受け入れられない自分は、融通が利かないのだと思う。でもここで折れてしまったら、自分が自分でなくなる気がした。

ユリアは招待客を迎える準備をしながら、さっきのレオンとの会話を思い出し、もやもやしていた。

レオンが好きだと思う。恋愛とは無縁の人生を送ってきたから、こんな気持ちは初めてだ。しかしこの気持ちを認めるわけにはいかなかった。

(レオン王はローラ姫と結婚される。この結婚にヨルン国の未来がかかっているから、必ず成立させないといけない。かといって、レオン王のように結婚と恋愛が別だなんて考え方はわたしにはできない)

レオンは国王で、自分はただの近衛隊員だ。価値観が違うのは当たり前だし、互いに気持ちはあったとしても、この恋愛がうまくいくとは思えなかった。

(余計な事は考えないようにしよう。いまはまず、パーティーを成功させないと)

「ローラ姫、そろそろお客様をお招きしてよろしいでしょうか?」

声をかけてきたマーサに目をやって、頷いた。ローラの予想通り、マーサがパーティーの間、サポートという名の見張りにつく事になった。

「よろしくお願いします」

レオンへの気持ちもさきほどの彼の言葉も、いまは封印する事にした。

彼は執務室に戻ったので、顔を見ないですむのが救いだ。

もしパーティーが失敗したらあとがない。軍人として崖っぷちだったが、いまはヨルン国の未来がかかっている。絶対に崖から落ちるわけにはいかなかった。

「ようこそいらっしゃいました」

たくさんの人々が薔薇のアーチを潜って庭に入ってくる。

ユリアはアーチの際に立ち、客を出迎えた。

マーサがアーチを潜る人たちの名前を、耳元で囁いてくれる。次々とアーチを潜る人たちの顔と名前と情報を頭で一致させて、いかにも親しげに挨拶するのは至難の業だ。

「ようこそ、リアド侯爵夫人。ご主人が足を怪我されたとか。今日はいらっしゃれなくて本当に残念です。楽しんでいってくださいませ」

「ごきげんよう、ヒルイン伯爵。昨年お生まれになったお子様はお元気ですか？　今日はごゆっくりお過ごしください」

挨拶だけではない。お辞儀や微笑む様子まで、ローラに教え込まれた作法を思い出して実行した。次々にやってくる客達に挨拶をし終えた頃には、宴もたけなわだった。

中庭には音楽隊が奏でる曲が流れて、人々が楽しんでいる声も聞こえてくる。

軽食やお茶も好評のようで、給仕する侍女や侍従達が忙しそうに立ち働いていた。

(喋りすぎて、喉が痛い……。笑いすぎて頬が引きつっている。王族って大変だな)

ふうっと息をつくと、マーサがこちらを向いたので、慌てて姿勢を正した。

「ローラ姫。お客様は全員アーチを潜られたようです。これでお顔と名前が一致したはず。以後は私も給仕につかせて頂きます。ですが、ちゃんと見ておりますので、くれぐれもお客様に失礼のないようお願い致します」

本当に一度だけしか手助けしてくれないのかと、絶望的な気持ちになる。

(落ち着け。これは任務だ。必ずやり遂げなければならない任務。失敗は許されない)

何度も心に言い聞かせた。気を引き締め直すと、マーサがそっと微笑んだ。

「……お疲れでしょう。お客様が軽食を召し上がっていらっしゃる間に、少しお休みになってはいかがですか?」

思わず目を瞬かせた。そんな優しい言葉が聞けるとは思っていなかった。

「お茶をお持ちしますので、あちらの木陰でお休みください。椅子をご用意しております。あちらにはしばらく誰も近づけないようにさせますので」

マーサが示したのは、庭の片隅にある大きな木の方角だった。

「いいんですか?」

何か他に意図があるのではと身構えると、マーサが苦笑する。

「事故にあって間もないから、無理はさせるなとレオン様に申しつかっております」

レオンの顔が頭に浮かんで、さきほどの会話まで思い出す。

「どうかなさいましたか? 顔が赤く……」

マーサが心配そうに顔をのぞき込んだ。

「ちょっと疲れただけです。では、お言葉に甘えて少し休ませて頂きます」

緊張で疲れているのは事実だし、少しでも休めるのはありがたい。

マーサが庭の隅にある木陰に案内してくれた。客達がいる庭からは、大きな木のおかげで死角になっている。そこに小さなテーブルと椅子が用意されていた。

距離を置いて護衛達が見張ってくれているので、一息つけそうだ。

座ると、マーサが一礼して客達の方へ戻っていった。ようやく息をついて、少しだけ目を閉じる。晴天のもと、心地よい風に乗って流れてくるバイオリンの音色に耳を傾けた。

「パーティーはまだ途中だ。少し休んだら戻らないと」

パーティーの進行について考えていると、ふいに後方から声がした。

「申し訳ありません。こちらは……」

「どけ。ローラに話がある。邪魔をする気なら……」

知っている声だ。嫌な予感がして振り向くと、正装したホラクス国の王子ファインと護衛がもめているようだった。

「何でここに……⁉」

森で会ったファインはなかなかに強烈な人物だった。

（ローラ姫は、彼が言い寄ってくるのは戦わずともヨルン国を手に入れられるからだと仰ってた。ありもしない話を本当の事のように話すので近づいたら危険だとも……）

「どけと言っただろう。俺を誰だと思っているんだ！」

逃げたかったが、ファインが護衛ともみ合っているのを見て、思わず声を上げた。

「待って。お通しして」

そう言ったのは、いまにも護衛が切り捨てられるのではと、危機感を覚えたからだ。

いかついファインはそれだけの事をしそうな雰囲気があった。

護衛が戸惑いつつも彼を通すと、大股でこちらに歩いてくる。近くに人がたくさんいるので、何かしてくる事はないだろう。うまく誘導して帰ってもらおうと思った。

「ファイン王子、なぜここに？　入国してもいいんですか？」

「コネを使いまくって入国許可をもらった。君への愛ゆえだから神様も許してくれる」

(神様は許しても、レオン王は許さないのでは……)

心の中で呟いていると、ファインが声を潜める。

「どうしても話したい事があって来たんだ。ショックだろうが聞いてくれ。実は崖崩れの調査の結果、君が巻き込まれた事故は何者かが爆薬を使って仕組んだようだ……」

ファインは苦悩しているように顔をゆがめた。

(うん、それはもう知っている)

そう言いたかったが、何とか口には出さなかった。いまのところ、爆薬を仕掛けた犯人はホラクス国の者の可能性が高い。王子である彼が何を言うか、興味がある。

「俺の大事なローラを狙う奴がいるなんて許せない。絶対に犯人を捕まえてやるからな」

力強く訴えたファインは、嘘をついているようには見えなかった。

（本当に何も知らないように見えるけど、でも彼は敵国の王子だし……）

訝しんでいると、ファインが話を続けた。

「ローラ。結婚なんてやめてくれ。絶対に幸せにするから俺と結婚してくれ！」

ファインが跪いた。そして、胸に手を当てて頭を下げる。

「お願いだ！」

熱い求婚だ。彼の思いが熱気になって伝わってくる気さえする。レオンも言っていたが、確かに彼が近くにいると、温度が急上昇したかのように暑苦しい感じがした。

「……えーと。とりあえず立ってください。膝が痛いでしょう」

心配げに呟くと、ファインがふいに眉根を寄せた。

「おかしいな。何度も君に膝をついてプロポーズしてきたけど、そんな事を言われたのは初めてだ」

（そんな本格的なプロポーズを何回も⁉　初耳ですがっ）

目を丸くしていると、ファインが首を傾げた。

「この間、森で会った時から思っていたんだが、いつものローラと違うな。いったい何があったんだ」

立ち上がったファインがぐいぐい詰め寄ってきた。もしまた触られたらと身構える。

「いえ、特に何も……」

ごまかそうとしたが、ファインがはっとした顔つきになった。

「もしかして、事故のせいか？　そのせいで、何か悪い影響が出ているんじゃないか？」

うっと言葉に詰まった。当たらずとも遠からずだ。

(この人、おかしな言動は多いけど、勘はいいな)

どうごまかすか考えていると、ファインが胸に手を当てた。

「何があったのか教えてくれ、ローラ。俺は君の味方だ。必ず力になる！」

真摯な言葉のように思えるが、素直には信じられない。彼はヨルン国を狙うホラクス国の王子なのだ。あの崖崩れの事故を起こしたのは彼かもしれない。

「……大丈夫です。とにかくもう戻ります」

立ち上がってきびすを返そうとすると、ファインが前に回り込んだ。

「事情を聞くまでは帰さないぞ！」

(まずい……！)

ファインの手が肩に置かれようとしているのに気づいた。

避けようとしたが、もう間に合わない。近くに大勢の貴族達がいる状況で、じんましんが出てファインを殴ってしまったら、もう終わりだ。どんな言い訳も通じないだろう。

「しつこい人だな」

迫るファインの手をパンッと誰かがたたき落とした。

目を向けると、いつのまにかレオンがすぐ近くに立っている。

「痛いじゃないか！」

怒鳴るファインを、レオンが冷たい目で見つめた。

「不審者がローラ姫に近づいたと、護衛が慌てて報告に来たので駆けつけてみたら、またあなただ。いいかげんにしてください。我が国への入国は許可されたかもしれませんが、城に入る許可は出していないはず。妻に触らないでください」

「まだ妻じゃないだろう！」

「もうすぐ妻です。しかもここは私の城です。分が悪いのはどちらかよく考えて」

ファインがぐっと言葉に詰まった。

「城の気温があなたの暑苦しさで上がってしまいます。さっさと出て行ってください」

にっこり笑ったレオンに、ファインが目を剥いた。

「ふざける……うぐっ」

レオンに殴りかかろうとしたファインを、後ろから羽交い締めにしたのは、ルクルスだ。

「王子、何をしているんです。大人しくするって約束でしょう。またローラ姫に勝手に近づいて。怖がらせるから駄目だと言ったはずです」

「愛する人に話しかけて何が悪いんだ」

「相手が怯えるような事をしてはいけません。あなたは凛々しい顔と言えば聞こえはいいですが、はっきり言って強面なんです。笑えば少しはましかと思ったけど、笑っても何か企んでいそうで、子どもの頃からお仕えしている私でも怖いんです！」

ファインは眉間にしわを寄せた。ルクルスがファインの顔を指さす。

「そう！　その顔で女性に近づいたら百人のうち九十九人は怖くて怯え……」

「ほう、百人のうち一人でも怖がらない人がいるのか」

ルクルスの言葉を遮ったファインは、なぜか嬉しそうだった。

（ん？　いまの言葉をもしかして褒め言葉だと思っている？）

同じ事をルクルスも思ったようで、ため息をついた。

「王子。褒めてませんよ」

「なぜだ。俺の顔を怖がらない人だっているって事だろう。いい事ではないか」

（なるほど。ファイン王子はポジティブなんだ。それも超がつくくらい）

心で呟くと、ルクルスは慣れているのか、気を取り直したようにこちらに顔を向けた。

「失礼致しました。結婚祝いの品をお持ちしたのです。献上したらすぐに帰りますので」

レオンが丁寧に頭を下げる。

「それはありがとうございます。妻もお客様のもてなしで精一杯なので、そっとしておいて頂けますか？」

「もちろんです。さ、王子、先に帰っていてください。品物を納めたら私も戻りますので」

ファインは納得いかない表情だが、ルクルスに促されて仕方なく庭をあとにした。

それを見届けて、レオンがルクルスに向き直る。

「せっかくいらしたので、ルクルス殿はごゆっくりなさってはいかがですか？　結婚祝いを持ってきて頂いたのに、おもてなしもせずに帰すなんて無礼な真似はできません」

「お誘いありがとうございます。では、少しだけ」

ルクルスは頭を下げると、人混みの中に入っていった。

レオンと二人になって、彼を見上げる。

「申し訳ありませんでした」

「なぜ謝るのかな?」

「ファイン王子と騒ぎを起こしてしまって……」

「ああ、その事ね。いいよ、それは君のせいじゃないし。それよりパーティーの進行をして。私はもう執務室に戻らないといけないから」

城に向かおうとしたレオンに、思わず声をかける。

「駆けつけてくださって、助かりました。ありがとうございます」

レオンはこちらを向いて、ふっと微笑んだ。

「気にしないで。……さっきは悪かった。あれから考えたんだけど、君とは価値観が違うかもしれないが、すりあわせるチャンスをもらえないかな」

レオンから歩み寄られるとは思っていなくて、目を瞬(また)かせた。

「いろいろ事情が複雑だけど、君がもとに戻ったら、改めて好きだと言いたい。その時もう一度気持ちを聞かせてほしい」

言葉は嬉しかった。彼が歩み寄ってくれた事も。だけど、頷(うなず)く事はできない。

「……レオン王とご結婚(けっこん)されるのは、ローラ姫です。もとに戻ったら、わたしは臣下として仕えます」

自分の気持ちを伝えた。ヨルン国の軍人として、こう答える事以外はできない。

「……そう。わかった」

レオンはそれ以上は何も言わなかった。立ち去る彼の後ろ姿を見ていると、涙(なみだ)が出そうになる。しかし何とか堪(こら)えて、気持ちを落ち着けた。

ティーパーティーは順調に進んでいた。

軽食の追加を手配したユリアは、目的の人物を見つけてそっと近寄る。

「ルクルス様。お楽しみ頂けていますか」

声をかけると、ルクルスが驚いた顔でこちらに向き直る。

「はい。盛大なパーティーですね。お茶もお食事もおいしくて。軍での生活が長いもので、こういう優雅な時間を久しぶりに味わいました」

彼に近づいたのは、ホラクス国の情報を得たいからだ。崖崩れの事故を起こした犯人はホラクス国の者の可能性が高い。犯人を捕まえてもとに戻る為にも、彼から何か情報を引き出したかった。どう聞き出そうかと考えていると、ルクルスが頭をかいた。

「さきほどは王子が申し訳ありませんでした。見た目があんな感じなので誤解を受けやすいのですが、悪い人ではないのです。あなたが本当に好きで、暴走してしまうだけで」

「ですが、ホラクス国は……」

ローラとして受け答えしなくてはならないが、一歩間違えば国同士の問題になると思うと、やたらな事は言えない。どう言おうか躊躇していると、ルクルスが微笑んだ。

「ローラ姫にご承知いただきたい事がございます。ホラクス国軍の一部の者が、ヨルン国に攻め入ろうと声を上げているのは事実です。ですが、王子は父である陛下に、他国を侵略するのをやめるよう進言を続けておられるのです。王子はああ見えて、子どもの頃から繊細なところがおありで」

ファインの大柄な体と怖い顔に〝繊細〟という言葉は似つかわしくないが、ルクルスは至って真面目なようだ。

「長い間侵略を繰り返してホラクス国は大きくなってきました。しかしここだけの話ですが、民は長く続く戦いに疲れ果てています。王子はそんな民の姿に心を痛められていて、侵略よりも内政に目を向けるべきだと陛下を説得されたのです。最近になって陛下がようやくその話に耳を傾けられるようになって」

本当だとしたら、ヨルン国にとってはいい話だ。ルクルスはそっと目を伏せた。

「それでも長く戦いに身を置いていた軍の中には、侵略で国を大きくするべきだという武闘派は多いのです。陛下は急に戦いをやめると言うと彼らを刺激して内戦に発展するかもと危惧されています。それで王子と私に軍の武闘派を見張り調査する部隊を内密に組織するよう命じられました」

ルクルスは胸に手を当てて、まっすぐにこちらを見つめた。

「私や王子にとっても武闘派の事を調べるのはとても危険です。彼らはたとえ王子でも思想が違うなら容赦しないでしょう。それだけの危険をおかしてでも、王子がホラクス国が他国へ侵略するのを止めようとなさるのは――すべてあなたの為です。ローラ姫」

「ローラ姫……いえ、わたしの為ですか？」

目を瞬かせるとルクルスは大きく頷いた。

「王子があなたと初めて会ったのは子どもの頃だと伺いました。陛下とヨルン国を訪れた時にあなたに会い、恋に落ちたと。ホラクス国が侵略を続けて国を大きくする事に疑問を持っていた王子は、あなたの言葉でそれを止めるのが自分の運命だと気づいたそうです」

そんな話はローラから聞いていなかった。戸惑っていると、ルクルスが目を輝かせる。

「王子はローラ姫に何を言われたか教えてくださらないんです。自分とローラ姫だけの思い出だからと。ですが王子を目覚めさせてくださった言葉が何だったのか、ずっと気になっていて。教えて頂けませんか？」

心の中でさあっと青ざめた。

（まずい！　ぜんぜんわからない。わたしだってあの王子の気持ちを動かすような言葉が何だったのか聞きたいぐらいだ……！）

「……それは、わたしとファイン王子との思い出なので、お話しするのはちょっと……」

あいまいに微笑むと、ルクルスがはっとした顔つきになる。

「そうですよね、やっぱり。ですがあなたの言葉で、王子が奮起されたのは事実です。ありがとうございます。私もホラクス国の平和を願っております。軍人としては失格かもしれませんが、正直、もう戦いはうんざりなんです」

本音のようだ。悲しみと苦しさでルクルスは顔をゆがめている。

「王子は、ヨルン国への侵略を阻止したいと動いておられます。ですが武闘派の力は思ったより強く、権力を持った貴族達も彼らに肩入れしております。武器を扱う商人達も資金援助をしているようです。戦いが続けば彼らは儲かるので。ですが王子は何とかローラ姫をお守りしたいのです。その気持ちに偽りはございません」

ルクルスが息を大きく吸い込んだ。

「王子を愛してくれとは申しません。少しだけ、話をしてくださるだけでもいいのでチャンスをあげてほしいんです。敵国の王子だからと避けないでほしいんです」

いい人だなと、素直に思った。思わず微笑む。

「わかりました」

勝手に返事をしていいのかわからないが、ルクルスの気持ちは十分に伝わった。真摯な思いに応えたいと心の底から思った。ルクルスがほっとした顔になる。

「ありがとうございます！」

彼らの言葉を信じていいかはわからない。すべて嘘だという可能性だって大いにある。だが不器用そうなファインと忠実なルクルスの事は、信用できる気がした。

「お気をつけてお帰りくださいませ」

にっこり笑って最後の客を見送ったユリアは、がらんとしたガーデンパーティーの会場を見つめて、一気に体の力が抜けた。そろそろ夕刻だ。張り詰めていた緊張の糸が切れた気がしたが、まだ倒れるわけにはいかない。

「みなさんお疲れ様でした。あとは片付けです。もう少し頑張ってください」

集まった侍女と侍従達に声をかける。みんながはいと頷いた。

テーブルのグラスを片付けようとすると、ローラがさっと駆け寄る。

「あなたは王族だから、片付けの指示をするだけよ」

「ですが、手伝った方が早く終わります。みんな疲れているから、早く休ませてあげたいですし」

料理や裁縫は苦手だが、片付けや掃除は好きだ。片付けると心まで綺麗になる気がする。

てきぱき動いていると、侍女達がざわついたのに気づいた。

見ると、彼女達が跪いている。視線の先にはレオンが立っていた。

「続けていい。みんなご苦労だったね」

レオンの声かけで全員がまた動き出した。

「ローラ姫。こちらへ」

レオンに呼ばれて近づいた。正直、彼の顔を見るのは気まずい。

目を落としていると、頭の上から声がした。

「今日のパーティーだけど、招待客が百人以上いたのに、身分や問題点などよく把握して対応したとマーサに聞いたよ。準備もしっかりできていたし、不手際はなかったとね」

どうやら褒められたらしい。普段通りに話しかけられたのも意外だった。

そろりと顔を上げると、レオンが微笑んだ。

「よく頑張ったね」

「……ありがとうございます。ですが、ファイン王子ともめてしまって」

「あれはあいつが悪いから仕方ない。幸い客には気づかれなかったし、テストは合格にしてあげるよ。あとは結婚式までにもとに戻る方法を探さないといけないな。……君は結婚が成立しないと困るんだろう？」

じっと見つめられた。どう返事をするか一瞬迷う。彼は結婚と恋愛は別だという価値観だ。好きだと言われ、結婚はローラ姫とするから、そばにいてほしいと言われた。だけど、自分はそれを突っぱねた。二度と口も利いてもらえないと思ったが、レオンは価値観のすりあわせをしたいと言ってくれた。歩み寄ってくれたのに、またしても断った。

「ヨルン国の近衛隊員として、国の平和を維持する為に、レオン王とローラ姫の結婚は不可欠だと思っています」

口にするのは苦しかったが、何度聞かれてもこう言う事しかできない。どれだけ価値観をすりあわせようとも、ヨルン国の平和の為にはこの恋を成就させてはいけないのだ。

レオンが目を伏せた。悲しげな表情にも見えたが、すぐにふっと笑う。

「本当に融通が利かないな。そこがいいところだけど。君が望むなら、そうしよう」

軽い口調だったが、声が心に重く響いた。

(いまの答えでいいんだ。自分の事より、やるべき事を優先しなくては。ティーパーティーも終わったし、もうレオン王と個人的に話すのはやめにしよう。彼はローラ姫の夫になられるんだから、距離を置かなくては)

こんな風に二人で話せなくなるのかと思うと、胸が痛くて仕方ない。

だが、ヨルン国の軍人としての使命を果たさなければ。

レオンが気を取り直したように顔を上げた。

「君がローラ姫としてそつなくこなせると証明してくれたし、結婚する方向で進めるよ。だけど、絶対に入れ替わっている事が誰かにばれては駄目だ。もしそんな事になったら、結婚式は取りやめにせざるをえないからね」

「はい。気をつけます」

レオンと二人で話す事もこれからは少なくなる。そう思うと寂しい気持ちもあったが、自分で決めた事だと心に言い聞かせた。レオンが話を続ける。

「結婚式の準備も本格的になってくるから忙しくなるよ。そうそう、結婚式の前夜祭でのダンスをみんな楽しみにしているから、一度くらい練習した方がいいかもね」

(ん？　ダンス？)

言葉が引っかかって、慌ててレオンを見上げた。

「ダンスって、誰と誰が踊るんですか？」

いまのレオンの口調からすると、とても嫌な予感がした。

「結婚式の前夜祭なんだから、私と君とで踊るに決まっているだろう。新しい王妃のお披露目の意味も兼ねているから、みんなに注目されるよ」

レオンがそう言って、ふと眉根を寄せた。

「まさか、踊れないなんて言わないよね」

「少しは踊れます。父に習いました」

レオンは目に見えてほっとした。

「よかった。ぜんぜん踊れないのかと思ったよ。だったらなぜそんな顔…………あっ」

ようやく問題の本質に気づいたのか、レオンが声を上げた。

「男性恐怖症か……」

「はい。男性に触られるとじんましんが出て、無意識に相手を攻撃してしまいます。心構えがあれば少しは触れても大丈夫ですが、ダンスの間ずっと手を握るとか無理です！　もっと言うなら、そのせいで男性とダンスした事なんて、ここ十年まったくありません」

青ざめていると、レオンが腕組みをした。

「じゃあ、どうするんだ。前夜祭までにもとに戻れたらいいけど、もし駄目だった場合も考えて、君には何とか踊れるようになってもらわないと。……私が教えようか？」

「ええっ!?」

「だって、事情を知っている人じゃないと教えられないだろう。ローラ姫はダンスの名手なのに、君はほとんど踊れない。それを不審がられたらまずいだろう」

「それはそうですが……」

男性恐怖症のせいで出るじんましんは、知らない人ほど症状が重くなる傾向にあった。反対に相手に慣れてくれれば、触っても症状が出ない時間を長引かせられる。

(レオン王が相手なら、ダンスも教えてもらえる。男性恐怖症の症状も彼に慣れる時間があれば、少しは和らげられるかも。うまくいけば、一曲ダンスを踊るくらいなら、症状が出るのを抑えられるかもしれない。だけど……)

彼とは距離を置こうと、さきほど心に決めたばかりだ。

ダンスを習うなら距離を置くどころか、いまよりも二人で過ごす時間が増えるだろう。

「……お願いします」

しかし背に腹は代えられない。舞踏会でうまく踊らないと、ローラではないとばれる恐れがある。それだけは何としてでも避けなければ。レオンがほっとしたように微笑んだ。

「じゃあ、そうしよう。場所も用意するよ。あとで連絡するから」

レオンが片手を振って歩き出す。

これ以上好きにならないようにと自分に言い聞かせて、ユリアは彼を見送った。

「ご命令通り、お部屋をご用意しました。いったい何をなさるおつもりですか？」

レオンは執務室で書類に向かっていた。マーサがお茶を机に置きながら、声をかける。

「実はフラれちゃったんだ。だからしばらく閉じこもろうかと思って」

「レオン様を袖にするような女性が本当にいらっしゃるのですか？」

「ああ、結婚と恋愛は別だと言ったら、自分はそう思わないと言われたよ」

その時のユリアの様子を思い出す。国王としての自分にとって、結婚とは仕事の一つだという感覚だった。国を安定させる為に、国の利益になる妻を迎える必要があるからだ。

だから心から惹かれたユリアを、恋愛の相手としてそばに置くつもりだった。

だがユリアはそれを受け入れなかった。彼女の意志を尊重したいから、身をひくつもりだったのに、どうやらそううまく自分の気持ちをコントロールできないようだ。

ユリアの性格なら、きっとこれからは自分と距離を置くだろうと思った。それはどうしても嫌だったから、ダンスレッスンと称して彼女と会う時間を手に入れた。

「レオン様、フラれた割には楽しそうですね」

「まだ一緒にいられるから、好きになってもらえるチャンスはあるかなって思ってるんだ。

でもかたくなな人だから、どうすれば考えを変えてくれるかわからなくて」

「珍しくお言葉に切れがございませんね。どうかなさったのですか？」

あいまいに微笑んだ。ローラとユリアの体が入れ替わっていて、好きなのはユリアだが、結婚するのはローラだという複雑すぎる事情はいくらマーサでも話せない。

ユリアはローラとの結婚が成立するのを望んでいる。ヨルン国の為だからと自分の気持ちを押し殺しているように見えた。結婚をやめて、ユリアを手元に置くのは簡単だが、それではきっと彼女が一生辛い思いをするだろう。

かといって、ローラと結婚すれば、ユリアは恋愛相手として自分を見る事はない。

ローラと結婚せずに、ユリアが望むようにヨルン国の後ろ盾になれればいいが、そうなるとファーストデンテ国の大臣や貴族達が黙っていないだろう。

他国の後ろ盾になると一言で言うのは簡単だが、もしもヨルン国を庇ってホラクス国と戦いになれば、ファーストデンテ国も痛手を負う。

ヨルン国の王女が王妃であるという大義名分があれば、大臣や貴族達も納得するだろうが、そうでなければよその国の諍いに関わるなと反対されるだろう。

ヨルン国の後ろ盾になるのならば、ローラとの結婚は避けて通れなかった。

「さて、どうしたものかな」

八方塞がりの状況だ。二人にもとに戻ってほしいとは思っているが、そうなれば本物のローラと結婚し、ユリアへの恋心は封印しなければならなくなる。

「困った顔ですね。もしかして、原因はローラ姫ですか？」

「そうとも言えるかな」

実際はローラの体に入ったユリアの事で悩んでいるが、口にはできなかった。

「そういえば、マーサもローラ姫が気に入っているようだね。ティーパーティーの時に見張りをさせたのに、一つもダメ出しをしなかった。侍女達からマナーの鬼と恐れられているマーサらしくないいんじゃないか」

目を向けるとマーサが苦笑した。

「レオン様にふさわしい王妃か見届けているだけです。亡くなった王妃様にくれぐれも息子を頼むと申しつかっておりますし。……ローラ姫は事故の影響で記憶に障害がおありだと伺っておりましたが、その割にとても覚えはよくていらっしゃいましたよ」

マーサには、ローラの様子がおかしいのはそういう理由だと話していた。

「何よりとても努力されていました。侍女にファーストデンテ国のティーパーティーの様子を聞いて回り、招待客の事も頭にしっかり入れておられましたし、おもてなしも十分すぎるほど。毎晩ほとんど徹夜で準備にあたられていました。パーティーが終わっても、率先して片付けをされていて、侍女達も感激しておりました」

マーサが人をこんなに褒めるのは珍しい。驚いていると、彼女は話を続けた。

「ああいう方がレオン様の奥方としてふさわしいかもしれません。少しおかしな態度をとられる時もございますが、国が違えば習慣も違いますから、それは致し方ない事です」

「べた褒めだな」

思わず呟くと、マーサはふふっと笑った。

「一緒にいると伝わるんです。まっすぐな気性というか、正直な方だと。それにとても面倒見のいい方で、侍女からティーパーティーの様子を聞き出す時に、仕事の悩みまで聞いて励ましたそうです。兵士につきまとわれて困っていた侍女には、護身術を教えたとか」

ユリアらしい話だ。ローラとして振る舞うならそんな事はしない方がいいとわかっているはずなのに、困っている人を放っておけなかったのだろう。

「いろんな人に分け隔てなく接する方という印象を持ちました。噂では、ローラ姫はお優しいけれど、精神的にも肉体的にもお強い方ではないと伺っていたので、少し驚きましたけど。あの方なら、王妃としてレオン様とともに国を導いてくださるでしょう」

心の中でため息が出た。マーサの言う通り、いまの〝ローラ〟はファーストデンテ国の王妃にふさわしい家柄の出身で、意志が強くて面倒見も良い。

だがそれは本当の〝ローラ〟ではない。このままローラの体に入ったユリアと結婚する事も考えたが、それは違うと心の中の自分が反対した。

好きなのは、初めて会った時の赤毛で気の強いヨルン国の騎士、ユリアだ。

二人を何としてでももとに戻し、本当の姿の〝ユリア〟をこの腕に抱きたい。

それが心からの願いだが、それは叶わないと自分でもわかっていた。

「……マーサ。私は国王として、ふさわしい王妃を迎える必要があるよね？」

返事がほしいわけではない。ただ、心にある気持ちが声に出た。ファーストデンテ国の為に、そしてヨルン国の為にローラと結婚するのは、国王としての務めだ。ユリアもそれを望んでいる。彼女の願いを叶える為にも、この気持ちは封印しなくてはならない。

マーサが優しく微笑んだ。

「レオン様が選ばれる方なら、たとえ相手がどなたでも国の為に尽くしてくださると信じております。レオン様ご自身も、愛する方と一緒にいられたら、もっと国王として政務にも励めると存じますよ」

そんな答えが返ってくるとは思わなくて目を見開いた。

「意外だ。国の為になる王妃を選べと言われると思っていたのに」

「レオン様の幸せを一番に願っております。お好きな方と結婚されるのが一番かと」

マーサは親代わりも同然だ。そんな彼女の言葉に勇気をもらえた気がした。

「……少し考えてみるよ。だけどこのややこしい状況を何とかするのが先決かな」

どう結論を出すにしろ、彼女達にはもとに戻ってもらわないといけないだろう。

その為にはどうしたらいいか。それもまたかなりの難問だと、レオンは思った。

高台から見えるのは、ファーストデンテ国の城だ。白亜の城は巨大で、経済大国のこの国を象徴する建物だった。男は城を見つめて、拳を握りしめる。

「あの崖から落ちて死なないとは、あの王女は本当に悪運が強い」

頭に浮かんだのは、金色の巻き毛の愛らしい顔つきの女性だ。殺すには惜しい美少女だが、目的の為には仕方ない。爆薬を仕掛けて崖崩れを起こし、彼女を始末するはずだった。狙い通り事故を起こしたのに、彼女はぴんぴんしている。

「次の一手はどうなさいますか？」

隣で跪く男に目をやった。

「結婚を阻止する為にできる限りの手を打つ。待っていろ、ローラ姫。その命、必ず頂く」

男の冷たい笑みが夜の闇に溶けるようだった。

「ダンスはどれぐらい踊っていないって言ってたかな」

腕組みしたレオンに、ユリアは恐縮したように身を縮こめた。

レオンがダンスレッスンを秘密で行えるよう用意してくれた客間は、家具が隅に寄せられていて、それなりの広さが確保できている。

「十年です。すごく今更ですけど、ローラ姫は前夜祭を欠席にできないですか？」

レオンを見上げて、両手を胸の前で組む。

ローラは大陸一のダンスの名手として有名だ。美男美女のレオンとローラが舞踏会で踊るのは、きっと夢のように美しい光景だろう。

みんなそう思って注目するはずなので、無様なダンスを披露するわけにはいかない。

だったらいっそ、舞踏会に出ない方がいいのではと思った。

「駄目だよ。結婚式の前夜祭で王と次期王妃がダンスするのは、我が国の伝統行事だ。招待客へのお披露目の場でもあるし、結婚式と同じくらい重要なんだ。欠席はまずい」

「やっぱりそうですよね……」

がっくり項垂れた。ダンスは得意ではないし、男性恐怖症なのにレオンと踊らないといけないし、毎晩ダンスレッスンする事になったしで、頭は混乱していた。

それに、とちらりとレオンを見上げる。彼に好きだと言われて断り、距離を置こうとした。だから彼と二人で会うのは正直気まずい。

(普段通りに振る舞ってくれるのは、わたしへの気遣いだろうか)

最初は彼が告げ口したせいで謹慎処分になったと、怒りでいっぱいだった。

だけど誤解が解けて、彼の公平なものの見方をするところや優しさに惹かれていった。

(いや、気をしっかり持て。彼はローラ姫と結婚するんだ。こんな風に話ができるのも、ローラ姫の姿になっている間だけ。そこはわきまえなくては)

気を取り直して顔を上げる。

「知らない人ほどじんましんがひどく出る傾向があります。ダンスレッスンでレオン王に慣れてくれれば、一曲ダンスを踊るくらいならじんましんが出なくてすむかもしれません」

「前から聞こうと思ってたけど、どうして男に触られるとじんましんが出るんだ？」

殺されそうになったからという理由はある。しかしそれを口にするのは勇気がいった。

思い出すのも嫌なのだ。俯くと、レオンが息をついた。

「――まあいいか。それほどのトラウマなら、命に関わるような経験だったんだろうし、簡単には口にできないのも仕方ない。とりあえず、練習の間は殴るのは堪えてくれよ」

顔色が変わったのに気づいたのか、レオンはそれ以上何も聞かなかった。

(本当に勘のいい人だ。でも気遣ってくれて正直助かる)

ほっとしていると、レオンが手を差し出す。

「まずは手を握るところからかな」

彼からしたら面倒なだけなのに、練習に付き合ってくれるのは本当にありがたかった。

だから勇気を出して手を伸ばす。触れようとした瞬間、思わず手を引いた。

心構えがあれば少しは触っても症状を抑えられるが、体にこみ上げる嫌悪感と闘う必要があった。それにその時の体調によって心構えがあってもまったく駄目な事もあるので油断はできない。躊躇していると、レオンが微笑む。

「君を傷つけたりしない。信じて。私は嘘はつかないから」

その言葉が心に染みていくようだった。彼は信用できる。そう心から思った。

目を瞑って思い切って手を取る。背筋がぞわっとするはずだと身構えた。

「あれ……？」

覚悟していたが、しばらく経っても異変は起こらなかった。

目を開けると、レオンも驚いているようだ。

「じんましんが出てないぞ。よかったね！」

「あなたに慣れてきたのかもしれません。いつもなら症状は抑えられても、背筋がぞわぞわする感覚に堪えないといけないんです。でもいまは何ともありません。すごい……！

男性の手を握って何ともないなんて、父さん以外では初めてです」

自分でも信じられなかった。嬉しくて思わず微笑むと、レオンが左手を上げた。

「だけど、ダンスはもう少し近づかないとできないよ。腰に手を回すからね」

いきなりだと驚いてしまうだろうという気遣いだろう。

レオンは少しの動作でも、動く前に口に出して知らせてくれた。

覚悟ができていたおかげか、体が密着してもじんましんは出ない。

「これなら大丈夫かも」

「そうだね。だけどまだ第一段階だ。ローラ姫は大陸一のダンスの名手。せめてそれなりに見えるよう、ダンスレッスンの手は抜かないから覚悟して」

手を握れて浮かれていた自分を、そのあとユリアは後悔する事になった。

「ターンはもっと優雅に。一、二、三のリズムに乗って踊って」

「はい！」

ダンスレッスンを始めて五日。ユリアはレオンの声にあわせて、くるりとターンした。

手は握れたし、体が密着してもじんましんは出なかった。

それだけで喜んでいたが、本当に大変なのはレッスンが始まってからだった。

たった一曲踊る練習をしているだけなのに、汗だくだ。

ステップを踏もうとしたユリアは、つい足を滑らせた。

「うわっ！」

「大丈夫⁉」

とっさにレオンが支えてくれたおかげで、転ぶのだけは避けられた。

「ありがとうございます。ダンスって、剣術より難しいですね……」

レッスンを始めてどれくらい経っただろう。息が上がっているし、喉も渇いていた。

「少し休憩しよう」

ローラのように優雅に踊れるようになるには、もっともっと練習が必要だと焦っているが、体は悲鳴を上げている。はやる気持ちを抑えて、ありがたく近くの椅子に座った。

レオンが水の入ったグラスをテーブルに置いてくれる。

「すみません……」

国王自ら水をついでくれた事に恐縮した。頭を下げて飲み干すと、水分を欲していた体が喜ぶのがわかる。レオンが目の前の椅子に座った。

「毎晩特訓してもらって申し訳ないです。レオン王もお忙しいのに」

「執務の合間に休める時は休んでいるから大丈夫だよ。寝てないのは君だって同じだろう。

それにしても……」

　レオンが体ごとこちらに向き直る。

「この特訓は私から言い出した事だ。謝る必要はないよ。前から気になっていたが、君は謝る事が多すぎるね」

　確かにそうかもしれないと、いままでの事を思い出す。

「はい。では……特訓して頂いてありがとうございます」

　見上げると、レオンがやや驚いたように目を見張って微笑んだ。

「そうだね。礼を言われる方が謝られるよりずっと気持ちいい」

　優しい笑みは、心からのものだろう。彼の笑みを見ると、内心でどきっとした。

（静まれ、わたしの心臓。レオン王はローラ姫と結婚されるんだ。わたしがそれを選んだんじゃないか。その意志を尊重して何事もなかったように振る舞ってくださってるのに）

　気持ちを抑えていると、レオンが話を続けた。

「特訓を始めて五日だけどさすがに覚えが早いね。舞踏会ではとりあえずワルツさえ踊れれば何とかなる。このまま頑張ってくれれば、みんなの前でダンスを披露できるだろう」

　レオンのアドバイス通り、頭で考えずリズムと彼のリードに乗ると、何とか踊れた。

　一番心配だった男性恐怖症の症状も、レオンが相手だと落ち着いている。

　何とか気を取り直して顔を上げた。

「ありがとうございます。レオン王、話は変わりますが犯人捜しはどうなってますか？」

「崖崩れの調査を続けさせているよ。爆薬は我が国でも他国でも使われているものだ。崖崩れがあった時何か目撃した者がいないか、くまなく調査もさせている。いまのところ、特に情報はないかな」

犯人が捕まればもとに戻れるかもしれないと考えていたが、そう簡単にはいかないようだ。息をつくと、レオンが顔をのぞき込む。

「落ち込まないで。できる限りの事はしているから、じきに何か証拠が見つかるはずだよ。待つ事しかできないのは辛いだろうけど、私を信じて任せてくれないか」

事情がわかってから、レオンは親身になって話を聞いてくれるようになった。崖崩れの事故の調査状況も逐一教えてくれる。ローラの体に入っているので何もできない自分が悔しかった。その気持ちをどうやら察してくれたようだ。

「わかりました。……レオン王はご親切ですね」

思わず口にすると、レオンがふと真顔になった。

「誰にでも親切なわけではないよ」

見つめられて、息が苦しくなった。俯くと、レオンが慌てたように声を上げる。

「ああ、ごめん。君の価値観では、こういうのは駄目だよね」

レオンが苦笑して、目を伏せる。

「でも本当に誰にでも親切なわけじゃない。自分の大切な人にしか親切にはできないんだ。私はけっこう傲慢らしい。人の好き嫌いがはっきりしているとマーサによく言われるよ。なにせ私は、よその国では目の前で叔父を処刑させた非情な王だと評判のようだしね」

どう返していいかわからず黙り込んだ。

実際に自分も彼と会うまでは、その評判が真実だと思っていた。三年前に起こったファーストデンテ国の内乱。王位を狙った叔父が起こしたその反乱をレオンは三日で押さえ込み、叔父は即座に処刑されたという。

ローラはその話を聞いて、レオンが怖いと泣いていた。

「……レオン王が統治されるようになってから、ファーストデンテ国は経済大国として更なる発展を遂げました。国は優しさだけでは成り立ちません。時に非情になれる王が統治されるからこそ、国は更なる成長を遂げたのだと思います」

レオンが驚いたように目を見開いた。

「褒めてくれるとは思わなかった。あの時はファーストデンテ国を守る為に必死だったんだ。父は亡くなる時に、国の未来を守れと言い残した。私はその願いを叶える為にいままで突き進んできたんだ。だけど、最近一人で頑張るのには限界があると気づいていてね」

いつも余裕の笑みを浮かべている彼にも、こんな悩みがあるのかと驚いた。

「信頼できる臣下が欲しいのは、父の願いを叶え続ける為だ。以前からいる臣下ではなく、私自身が選んだ臣下についていてほしい。君のように相手が国王だと知っても駄目な時は駄目だと言える、頑固で融通の利かない人間がいい」

「……いまのは褒められたんでしょうか。微妙な感じがするんですが」

思わず本音を口にするとレオンは破顔した。

「褒めたつもりだよ。私が間違った道を進みそうになったら、君なら止めてくれるだろう」

見つめられて、気恥ずかしい気持ちになりつつも頷いた。

「もちろんです。融通が利かないのはわたしの長所ですから。それにレオン王は国王としてとてもご立派だと思います。ファーストデンテ国では民達は裕福だし、三年前のあの内乱以来、目立った騒動は起こっていません。お父様との約束は果たしておられます」

微笑むと、レオンは口元をほころばせた。

「惚れ直した？」

「惚れてません」

言い返すと、ぷっとレオンが吹き出した。つられて笑ってしまう。腹の底から笑ったのは、ここに来て初めてかもしれない。ひとしきり笑って、彼と目が合った。

「レオン王は国王としても立派ですが、人としても優しいです。だって、毎晩寝る間を惜しんでダンスレッスンに付き合ってくれてるんですよ。面倒見がよくないとできません」

「褒めてくれてありがとう。じゃあお返しに、レッスンの続きをしよう。舞踏会で転ばれては困るから、しっかり練習してくれ」

国王と軽口を言い合うなんて、つい一月前の自分からは考えられない。

楽しい一時だったが、ふと心に隙間風が吹く。

(……もとの体に戻ったら、こうして気軽に話す事なんてできなくなるのかな……)

そんな思いが、胸の奥に湧き出して、ふいに苦しくなった。

昼は結婚式の準備。夜はダンスレッスン。結婚式があと三日後に迫ったいま、それに招待客の出迎えともてなしが加わり、ユリアはさすがに疲れていた。

「顔色が悪いわ。ユリア、大丈夫?」

日差しが心地いい昼下がり。庭には爽やかな風が吹いていた。

隣を歩くローラが心配そうな顔つきになる。

「正直、眠くてたまらないです……」

口から本音が漏れ出てはっとした。どうやら理性も緩むくらい疲れているらしい。

「少し休みましょう、ユリア」

「大丈夫です。すみません」

慌てて手を振った。ローラが涙ぐむ。

「あなたばかりに苦労をさせて申し訳ないわ。レオン王に知られた時だって、私は気を失っていたし、ダンスレッスンや準備に奔走しているあなたを助けてあげる事もできない。私って役立たずね……」

「とんでもありません。ローラ姫はドレス選びや結婚式の準備を陰ながら手伝ってくださっているじゃないですか。それに勝手に、レオン王と結婚式までにもとに戻るなんて約束をしてしまって、本当に申し訳なくて……」

「それはいいの。だってそれしかヨルン国を救う道はなかったんだもの。あなたは正しい判断をしたわ。あなたの為に何かできる事があるといいのだけれど……」

ローラがふいに両手をあわせて、目を輝かせた。

「そうだ。次のお客様がいらっしゃるまで、少し時間があるから休んでいて。あそこの木陰がいいわ。椅子とテーブルがあるから、私がお茶を用意するわ」

「そんな、姫にそんな事をさせるわけには……」

「いまの私はあなたの護衛のユリアよ。お世話だってするわ。あなたが私のふりをしているように、私もあなたのふりをするの。だからお願い、これくらいはやらせて」

頼み込まれて嫌とは言えなかった。

実際疲れていまにも気絶しそうだし、ローラの気持ちもよくわかる。

「では、少しだけ」

いつもなら断るが、いまの状況では受け入れるしかなかった。

ローラと木陰に向かう。白いテーブルと椅子があって、座るよう手で促された。

「ではここにいて。人気がないからゆっくりしててね。お茶を用意してくるから」

ローラが足早に去って行くのを見届けて、座ったままゆっくり目を閉じた。

(倒れたら元も子もない。ちょっとでも寝よう……)

ゆるりとした眠気に身を委ねようとした時だった。

「ローラ!」

すぐ近くで声がした。驚いて目を開けると、ファインが大股で近づいてくるところだ。

慌てて居住まいを正す。

「ファイン王子。どうしてここに……」

今度こそ、彼を結婚式関連の行事があるまでは城に入れないとレオンが言っていた。

またティーパーティーの時のような騒ぎが起きたらまずいし、何より敵国の王子である
彼は、崖崩れの事故を起こして、ローラを殺そうとした可能性がある。

証拠はないが、安全の為に彼とは接触しない方がいいとも言われていた。

「知り合いのつてで入れてもらった。君に話があるんだ」

ファインが片膝をついた。彼に敵意はないようだが、いまいち何を考えているのかわか

らなくて正直苦手だ。身構えていると、ファインは両手を差し出した。

「レオンではなく、俺と結婚してくれ！」

ファインの手には小さな箱がある。ぱかっと開くと大きな宝石がついた指輪があった。

「なっ、何を仰るんですか⁉」

突然の事で眠気も吹っ飛んだ。ファインが指輪を箱ごと強引に渡そうとする。

「必ず幸せにする。それに君は、俺があの薬草を用意したら結婚しなくてすむと言っていたじゃないか。なのにこのままでは、結婚が成立してしまう。だから決めたんだ。君をさらってでも結婚を止めようと。俺と結婚してくれ！」

薬草と聞いて、眉を顰める。

立ち上がってファインを見上げようとした。

「前にも薬草の話をしてましたけど、いったい何の……あれ？」

ふいに地面がぐらっとした。ぐるぐると地面が回った気がして、よろめく。

めまいが起こっていると気づいた時には、もう立っていられなかった。

「ローラ！」

倒れそうになったところを、ファインがさっと受け止めてくれた。

おかげで転ぶのは免れたが、総毛立つのは止められなかった。

「男がわたしに触るな！」

じんましんがぶつぶつと現れて、思わず殴ろうと手を上げたが、めまいのせいか空振りする。ファインに当たらなかったのはよかったが、彼はこちらを見つめて驚愕していた。

「何だ、そのぶつぶつは？　まさか、毒でも飲まされたのか！」

ファインが青ざめた。違うと言いたかったが、声が出ない。

「はなし……て……」

症状を落ち着ける為にも何とか離れたいが、めまいのせいで身動きが取れなかった。

「何をしている！」

声がどこからか聞こえた。そのすぐあとに、誰かが奪うようにファインの手から引き離してくれる。目を向けるとレオンだ。珍しく厳しい表情で、ファインを睨み付けていた。

レオンはさっとこちらに目をやって、素早くマントで顔と体を隠してくれた。

「何をしたんだ！」

レオンの怒っている声がした。

「ローラが病気だ。早く医師に診せろ！　そのぶつぶつは毒のせいかもしれない」

ファインも混乱しているようだった。マントの隙間から二人が睨み合っている様子が見えて、何とかしなければと焦った。息を整えて、声を上げる。

「レオン王。めまいがして倒れたところを、ファイン王子が支えてくださったんです。ファイン王子、もう大丈夫です」

顔を手で撫でて確認すると、いつもより早くじんましんが引いたようだ。

マントをさっと取ると、ファインが心配そうに近づいた。

「しかしさっきのぶつぶつは……」

「体調が悪い時によくあるんです。大した事はないのでお気になさらず。助けて頂いてありがとうございました」

自分で立とうとしたが、レオンがなぜか放してくれなかった。

彼は厳しい表情のまま、ファインに目を向ける。

「妻を助けて頂いてありがとうございました」

「……だからまだ妻ではないだろう」

むっとしたファインに、レオンは強気な視線を投げかけた。

「もう妻も同然です。三日後には結婚式なので。助けて頂いたのには感謝しますが、結婚式に関する行事が行われるまでは、城にいらっしゃるのはご遠慮ください。どうぞお引き取りを」

「何だとっ」

二人がにらみ合っていると、後方から声がした。

「ファイン王子！」

駆け寄ってきたのはルクルスだ。彼はレオンとファインの間に滑り込んだ。

　こんな光景を見るのはもう三度目だ。ルクルスが気の毒に思えてならなかった。

「レオン王。城に勝手に入って申し訳ありません。もう帰りますので、どうか穏便に」

「だが、ルクルス。いまローラが……」

　頭を下げたルクルスを見て、ファインはなおも口を開こうとした。

「王子！　ここはファーストデンテ国の城です。お慎みください」

　ルクルスの必死な言葉はファインに届いたようだ。仕方なさそうにきびすを返した。

「今日は失礼するが、俺は諦めないからなっ」

　肩を怒らせて歩く彼を見送って、ユリアは状況を目で再確認した。

　レオンに抱きかかえられたままだったので、身じろいだ。

「放してもらってもいいですか？」

「いいや、疲れているようだから少し休ませたいと、ローラが言いに来たんだ。だから迎えに来た。部屋まで運んであげよう」

「ええっ!?」

　驚く間もなく、横抱きにしたまま、レオンが歩き出した。

　抱きかかえられて移動するなんて初めてで恥ずかしい。

「大丈夫です。本当に放してください」

「駄目だ。それとファインに近づくな。あいつはヨルン国を手に入れる為に求婚しているんだ。何をされるかわからない。いいね」

（心配させてしまったんだ。申し訳なかったな……）

「はい」

そう返事した時には、自分の部屋まで帰ってきていた。ローラが不安げに駆け寄る。

「大丈夫？」

「はい。ご心配なさらず。少しめまいがしただけです」

ローラはそれを聞いて、意を決したような表情で、レオンを見上げた。

「ユリアはとても疲れています。もともと私は体も小さくて体力がなくて、徹夜が続くと体調を崩すのです。ダンスレッスンは助かるのですが、今夜は休ませて頂けませんか？」

ローラが、自分から意見を言うのは珍しい。レオンも驚いたようで目を見張っていた。

「いいでしょう。だいぶ踊れるようになってきたし、今日と明日はゆっくり休むといい。姫もお休みになってください」

二人が直に話しているのを見るのは初めてだ。

（もしもとに戻ったら、この二人が夫婦になるのか……あれ？）

胸がズキリと痛んだ。その痛みはとても不快だ。自分の姿だが、ローラは仕草や表情はすごく可愛らしい。二人で話しているのを見るとお似合いだと思った。

この体にローラが戻ったら、外見も内面も大陸一の美男美女の夫婦になるだろう。

そう考えると、息苦しくて辛かった。レオンに好きだと言われたのに拒否したのは自分だ。それはヨルン国を守る為で、父との約束を果たす為でもあった。だが本当にもとに戻って二人の結婚を祝う立場になった時、笑顔でおめでとうございますと言えるだろうか。

自分でも気持ちを持て余して、目を瞑る。

「ユリア……。眠ったようだわ。静かにしておきましょう」

「そうですね。では私はこれで」

レオンが部屋を出て行く足音を聞きながら、ユリアは涙が出そうになるのを必死で堪えていた。

一晩ぐっすり眠ったら、体調はよくなった。

朝食を頂きながら、ユリアは目の前で食事しているローラを見つめる。

「ローラ姫。薬草って何の事ですか?」

ふいに昨日の事が気になって問いかける。ローラはお茶のカップを置いて首を傾げた。

「薬草って?」

「ファイン王子が薬草をローラ姫に頼まれて用意したと仰るんです。頼んだんですか?」

ローラは目を瞬かせた。

「いいえ。あの方は私との間に特別な何かがあると思わせたくて、ありもしない事を言うのよ。たちが悪いのは、本人も自分でついた嘘を信じてしまう事なの」

ファインの様子からすると、それだけの事をしそうな雰囲気はあった。

ローラはお茶を一口飲む。

「考えたんだけど、崖崩れの事故は誰かが故意に起こしたものでしょう。私はやっぱりホラクス国が仕組んだのだと思うの。悲しい事だけど主犯はファイン王子かもしれないわ」

「彼が……ですか？」

ファインはかなりおかしな人だが、悪い人ではないような気がしていた。

だからそのローラの話には素直に頷けない。

「ええ。崖崩れの事故で私を殺そうとしたけど失敗した。だから城に乗り込んできて私に強引に求婚しているんだと思うわ。何としてでもレオン王との結婚を阻止したいのよ」

確かにそうかもしれないとは思う。それで彼の行動に説明がつくからだ。

（ファイン王子は自分でついた嘘を本当だと思い込んでいる……。それはあり得る話ではあるんだけど、何だか納得できないな。それに……）

そっとローラに目を向けた。彼女の話は筋が通っているがすんなり頭に入ってこない。

「それより明日は前夜祭の舞踏会、そして明後日は結婚式よ。結婚式までにもとに戻ると約束したのよね」

その言葉で一気に現実が押し寄せてきた。ファインの事も気になるが、いま自分達にとって最も重要なのは、もとの体に戻って結婚を成立させる事だ。

「はい。レオン王に事故の調査の進捗を伺ってきます。犯人が入れ替わりにも関わっている可能性が高いと思うんです。犯人さえ捕まえれば、もとに戻れるかもしれません」

「いつもありがとう、ユリア」

微笑むローラに頷いて席を立つ。まずはもとに戻る事に集中しようと、部屋を出た。

レオンは執務室で書類の処理をしながら、頭ではユリアの事を考えていた。

「好きだと言ったけど、彼女は私の気持ちには応えてくれない。ローラ姫との結婚がヨルン国に必要だからだ。それがある限り、彼女は私の気持ちを受け入れないだろう」

ユリアは病気で亡くなった父の〝子ども達が安心して暮らせる国であってほしい〟という願いを叶える為に、ローラのふりをしている。

「いまのユリアはまるで三年前の私だ」

思わず呟いた。父王は亡くなる時にファーストデンテ国の未来を守れと言い残した。

父の遺言を守る為、人には言えない汚い事もした。すべては父との約束を果たす為だ。

ユリアの、亡くなった父との約束を守りたいという気持ちは、痛いほどわかった。

「ローラ姫と結婚すれば、ユリアの心は永遠に手に入らない。だけどローラ姫との結婚をやめればユリアが父親との約束を守れなくて一生苦しむ。どうすればいいんだ」

ユリアと初めて会ったのは、ヨルン国だ。彼女は蔵書室に無断で入ろうとした自分を止めた。相手が誰であろうと、間違っている時は間違っていると言える強い意志が彼女にはあった。それが最初に惹かれた理由だ。ファーストデンテ国には、自分に逆らう者はいない。だが、それは国の政治を担う者としては致命的だ。

間違った判断をしてしまった時に、それを指摘できる者がいないのだから。

ユリアならきっとあの意志の強い目で、間違った事をした時は止めてくれるだろう。

だから、ファーストデンテ国に臣下として迎える為に、彼女の事を調べさせた。

ローラが彼女を同行させたいと手紙をよこしたので、チャンスだと思った。

うまく引き抜きの話を伝えようと彼女の様子を見ていて、おかしな事に気づいた。

「ユリアは前のように私の目をまっすぐに見なくなった。代わりに同じ強い視線を向けてきたのはローラ姫だ。まさか入れ替わっていたなんて」

その事実を知ってからしばらく経つが、いまだに入れ替わった原因はわからない。

心が晴れないのはそのせいだけではなかった。

いま思えば、ユリアに初めて会った時から好きだったのだと思う。相手が国王だとわかっても一歩も退かない頑固なところや、まっすぐな瞳が印象的で、ファーストデンテ国に帰ってからも彼女の事が忘れられなかった。

結婚と恋愛は別だと思っていたから、結婚はローラと、恋愛はユリアとしようと思っていた。ユリアの父の話を聞いて、同じく父の願いを叶える為に様々な手段で国を導いてきた自分は心が震えた。更に彼女が欲しいという気持ちが強くなった。

しかしユリアに拒絶され、自分の愚かさに初めて気づいた。

ファインに抱きかかえられている彼女を見て、生まれて初めて嫉妬で身を焦がしそうになった。いままで誰かを本気で好きになった事なんてない。だから結婚も、国の為になる相手を選んだ。それを後悔する日が来るなんて思ってもみなかった。

「まずはあの入れ替わりを何とかしなければ。もとに戻った本当のユリアに愛を告げたい。だからそれまでに、ローラと結婚せずともヨルン国を守る為の手段を考えないと」

かなり難しいが、何とかしなければならない。そう考えている自分に気づいて驚いた。

好きな女性の為なら、こんなにも必死になれるものかと。

「私をこんな気持ちにさせた責任はとってもらうよ、ユリア。心からほしいと思える人に初めて出会ったんだ。必ずこの腕に抱くから、覚悟しておいて」

決意の言葉を呟いて、レオンはそっと目を閉じた。

目の前には、ファーストデンテ国の城。その隣には、この国で最も古い建物だとされるラグラダ大聖堂がある。大聖堂は真っ白な建物で、ステンドグラスの窓が遠目からでも美しい。男は、夕日に照らされている城と大聖堂を見つめた。

隣で跪いている軍人が声を上げる。

「城の警備が厳重で、ローラ姫になかなか近づけません」

結婚を阻止しようと、崖崩れの事故を仕組んだが、ローラは生き残り、明後日はもう結婚式だ。しかし焦ってはいなかった。

「……では、結婚祝いの盛大な花火をあげてやるのはどうだ？」

軍人が目を見開いた。

「ですが、それでは関係のない者達まで巻き込む恐れが……」

「今更だな。崖崩れを起こしてヨルン国の一行を皆殺しにするつもりだったんだ。一度失敗したから、今度は確実な計画が必要だろう。たとえどれだけの犠牲者が出ようともな」

軍人が戸惑った顔をしつつも頷いた。

第六章

　ユリアは鏡に映る姿を見て、思わず感嘆の息をついた。

　舞踏会でのドレスは、淡いピンクだ。

　白いレースでかたどった花がいくつも縫い付けられていて、頭には薔薇で作られた冠を被っている。ネックレスもイヤリングも、ヨルン国で採れる大粒のダイヤが使われていて、とても豪華だ。

「まるで妖精みたいに可憐だ。ローラ姫って本当に可愛い……」

　見とれていると、扉をノックする音がした。

　返事すると、扉が開いてレオンが顔を見せる。

「用意はできた？」

　レオンの膝まである上着も細身のズボンも黒。

　金の刺繍が襟や袖口に施されていて、すらりとした長身の彼によく似合う。

(さすがに舞踏会での正装が様になっているな。レオン王と、鏡の中の可憐なローラ姫が踊ったら、まるで絵画のように綺麗だろうな)

　想像するだけでうっとりする光景なのに、ちくりと胸が痛んだ。

「準備万端(ばんたん)です」

そんな気持ちが伝わらないように、平静を装った。

レオンとローラのダンスを客は楽しみにしているだろう。

期待を裏切らないようにしなければと念じる。

「そろそろ大広間に行こう。招待客の出迎(でむか)えがある。ローラ姫は打ち合わせ通りに？」

「はい。部屋で待機されています。護衛もつけて頂いたので助かりました」

もし犯人が結婚を阻止する為(ため)に体を入れ替えたとしたら、自分(ユリア)の体にいるローラも危険だ。大勢が城を出入りする舞踏会の間は、隠(かく)れていた方がいいというレオンの配慮(はいりょ)だった。

「ではダンスに集中して。間違っても私の足を踏(ふ)まないでね」

「努力します……」

気を取り直して、レオンを見上げる。

「レオン王。事故を起こした犯人について、何か手がかりは見つかりましたか？」

「仕掛(しか)けられていた爆薬(ばくやく)を更(さら)に調べて、ホラクス国でよく使われる技術をもちいて作られた爆弾(ばくだん)のようだという結果が出たよ。あの事故の日、崖(がけ)の上で人の姿を見たと言う村人がいたが、顔は見ていないらしい。爆弾の技術だけではホラクス国の者が犯人だと断定はできない。我が国でも数は少ないが使われている技術だし」

レオンは難しい顔つきをしていた。

「結婚式は明日です。それまでにもとに戻る約束ですが、このままでは……」

結婚を破談にされてしまう。ローラの体では調査に加わる事もできず下手に動けない。犯人捜しが自分の手でできないのがもどかしかった。

「まあ、待って。敵が結婚を阻止したいと思っているなら、今日の舞踏会と明日の結婚式で何か仕掛けてくる可能性が高い。大勢の客に紛れて城に侵入できるしね。それを見越して兵を配置している。何かしてくるなら、それが奴らを捕まえる最大のチャンスだ」

　レオンの言葉は心強かった。

「敵への対処は私がする。だから君は舞踏会でのダンスに集中してくれ。大勢の客達が見ているから、気を抜かないで」

「はい。レオン王、改めてお礼を言わせてください。いろいろありがとうございます。レオン王が事情を知っていてくれるので、とても助かります。ご期待に添えるよう頑張りますので」

　頭を下げると、レオンがそっと微笑した。

「私は誰にでも親切なわけではないと言っただろう。君が信念を貫くのを応援しているだけだ。とりあえず、いまは前夜祭に集中しよう。ほら」

「はい？」

　腕を差し出されたが、意味がわからなくて首を傾げる。レオンが苦笑した。

「腕を組むんだよ。明日結婚するんだから、それらしく見えないとまずいだろう」

「……そうですよね。では、失礼します」

そっと腕を掴んだ。彼に慣れてきたおかげかじんましんは出ないが、何だかとても気恥ずかしい。

顔が赤くなったのに気づいたのか、レオンが肩を竦めた。

「心構えのない君に触れても殴られない男は、私だけなんだろう。これって私が君にとって、特別だという事だよね」

レオンは嬉しそうだった。確かに彼は特別だけど、それを認めるわけにはいかない。

「……時間をかけて慣れれば、症状が出るのを抑えられるので」

レオンはローラと結婚する。だから、彼の気持ちを受け入れては駄目だと自分に言い聞かせた。レオンは寂しげに微笑んで、前を向いた。

その姿を見て、胸がぎゅっと締め付けられるような気がした。

(もとに戻ったらいままで助けてもらった恩返しに、しっかり彼に仕えよう。そばにいてレオン王の助けになれるなら、それでいいんだ)

「さあ、行こう。君とのダンスを楽しみにしているよ」

「わたしも楽しみです」

偽りのない言葉と笑みを浮かべて、レオンと腕を組んだまま一緒に歩き出した。

舞踏会は、城の大広間で行われる。らせん階段の上から大広間を見下ろしたユリアは、その華やかな様子にほうっとため息をついた。

裾がふんわりと広がった色とりどりのドレスを着た貴婦人達。正装した男性達が彼女達の手を取り、ワルツを踊っている。階段の上からだと、流れる曲にあわせて一、二、三とリズムよくくるくる回る彼らの姿が、まるで大輪の花が咲いたように見えた。

レオンに促されて、ユリアは彼と腕を組んだままらせん階段を下りる。

人々の視線がいっせいに集まって、さすがに緊張した。レオンに、誰かに話しかけられても対処するから、黙っていていいと言われたのが幸いだ。

（結婚に反対しているなら、この舞踏会で何か行動を起こす可能性は高い。ここで犯人を捕まえないと、約束が守れなくなる）

ヨルン国の為にも、この結婚は成立させないといけない。

その為には何としてでも、結婚式までに犯人を見つけてもとに戻る必要があった。

（もとに戻ったら、ローラ姫とレオン王の結婚式を見る事になるんだな。辛いけど、でもわたしはヨルン国騎士団の軍人だ。任務をやり遂げなくては）

「あちらの客に挨拶してくるから、しばらく休んだらどう」

考え事に集中していたが、レオンの声にはっとした。彼は心配そうな顔つきだ。

「顔色が悪いよ。誰も近づけないようにするから、少しベランダで風に当たっておいで」

レオンに連れられ、大広間からベランダに出る。誰もいないベランダは、夜空に星がきらめいていて、すんだ空気が心地いい。出入り口には幕がかけられ、大広間からは見えないようにしてあって、ほっと一息つけそうな空間になっている。

「申し訳ありません……」

「いいさ。また倒れられたら困るし。それに君は謝りすぎだと言ったはずだ。私は違う言葉が欲しいな」

目を瞬かせて、レオンを見つめた。

「ありがとうございます」

「いいね。女性に優しくするのは当然だ。君はそれを当たり前のように受け入れて、感謝の言葉の一つでも言えばいい。それで男は満足するんだから。覚えておいて」

レオンが優しく微笑んだ。

(ああ、心からの笑みだ。この笑顔好きだな。ユリアに戻ったら、きっと簡単には会えなくなるだろう。こんな笑顔も見られなくなるんだろうな)

寂しいと思う自分の気持ちに気づいて、慌てて俯く。

(駄目だ。こんな事を思っては。レオン王はローラ姫と結婚されるのだから！)

「どうかした？」

顔を上げると、レオンはまた心配そうな顔つきになっていた。

「何でもありません。お言葉に甘えて少し休みます」

レオンが頷いて幕を開けて大広間に戻っていった。テーブルと椅子があったので、そこに座って夜空を見上げる。満月を見つめながら、ほっと息をつく。

「余計な事は考えないでおこう。もうすぐダンスの時間だから……あ！」

幕を開けて誰かがベランダへ出てきた。よく見るとファインだ。

「どうしてここに!? 見張りがいたでしょう」

なぜこうも神出鬼没なのかと不思議でたまらない。

「部下に命じて見張りの気をそらさせた。今度はちゃんと舞踏会に招待されているから、追い出されないぞ。君に最後のお願いがあってどうしても話したかったんだ。ローラ。レオンと結婚しないでくれ！」

駆け寄ってきたファインに、うっかり触られないよう身構える。

(どうしたらいいんだ。ホラクス国の王子だから失礼な事はできないし、かといって、一緒にいたらファイン王子の妄想に振り回されてしまう。いまは騒ぎは起こしたくない)

「落ち着いてください」

護衛を呼べばいいのだが、ファインが抵抗して問題に発展するかもしれない。

何とかなだめてベランダから出て行ってもらうのが一番いいと思った。

「ローラ、君はこの国に来てからまるで別人のようだ。いつも俺と二人になると、本当の顔を見せてくれたじゃないか。あれは俺を信用しているからだろう。だから俺にだけ頼み事をしてくれるんだろうし……」

(ん？　本当の顔って何だろう。まるでローラ姫に別の顔でもあるみたいじゃないか。……いや、こんな事を考えるなんてもうファイン王子の妄想に振り回されている証拠だ)

ローラによると、彼自身も自分の嘘を本当だと信じ込んでいるらしい。

「本当に出て行ってください。人を呼んだら騒ぎになります。そうなったらお互いの為にならないですから」

「何て優しいんだ、ローラ。俺の為にそこまで考えてくれるなんて」

「違います。どうしてそんなにいつも自分に都合のいいように考えるんですか！」

嬉しそうなファインをつい叱責した。

怒るかと思ったが、ファインはまったく気にした風はない。むしろ彼は目を輝かせた。

「ローラは怒っている時が一番素敵だ。二人だけの時はいつも、俺を厳しく叱ってくれる。可愛いふりなんてもうしなくていいのに。君は本当はたくましくて気が強くて、そしてわがままだ。さあ、俺と結婚してくれたら君のわがままを何でも聞いてあげるよ」

(ローラ姫がわがままって……妄想もここまでくると、逆にすごい)

これ以上二人でいると、どんどん彼の妄想が広がるだろう。

少しでもファインと距離を取りたくて壁に寄ったが、彼はどんどん詰め寄ってくる。

困っていると、さっと幕が開いた。慌ててベランダに出てきたのは、ルクルスだ。

「申し訳ありません、ローラ姫。王子、駄目ですよ。勝手に来たら！」

(助かった。やっぱり、ファイン王子の暴走を止められるのは、この人だけだ！)

ほっとしていると、ファインが目にぶわっと涙をためる。

「嫌だ！　このままではローラが結婚してしまう」

「仕方ないでしょう。王子に止める権限はありません。とにかく中に戻りましょう」

ルクルスが、ファインを後ろから羽交い締めにした。

「放せっ、ルクルス！　この無礼者っ」

ファインは抵抗しているが、ルクルスは放さなかった。

「陛下から、王子がもしホラクス国の名誉を汚すような真似をするなら、止めるよう承っております。本当にご迷惑になるので行きましょう」

ルクルスは軍人として優秀なのだろう。大柄なファインが暴れてもびくともしない。

「失礼致しました。ローラ姫。ファイン王子は少しばかりお酒が……」

「酒なんて飲んでない！」

ファインが、押さえ込もうとするルクルスを、力任せに振り払った。体勢を崩したルクルスが、テーブルにぶつかる。その勢いでテーブルがこちらにはじき飛ばされてきた。

それを避けようとして、よろめいて転んでしまう。

「わっ……！」

驚いて声を上げると、ファインが頭を抱えて絶叫した。

「ルクルス！　貴様、ローラに何て事をするんだっ」

「し、失礼致しました！　大丈夫ですか！　ローラ姫っ」

いち早く起き上がったルクルスが、慌てて手を差し伸べた。

「大丈夫です……」

うっかり手を借りたら、じんましんが出るだろう。断ろうと、顔を上げた。

起こしてくれようとするルクルスと目が合う。

彼の青い目に吸い込まれるような気がした。

途端に、頭の中でパンッと何かがはじける。

（あれ？　この青い瞳に覚えがある。あれはそう。この城に来る前……）

そう思った瞬間、ある記憶が雪崩のように頭に押し寄せた。

「…………」

「どうされましたか？　ローラ姫。どこかお怪我でも？」

ルクルスに聞かれてはっとした。そして顔には笑みを浮かべる。

「どこにも怪我はありません。そろそろレオン王のところに行かなくては。失礼します」

慌てて立ち上がり、会釈して幕を上げて中に戻る。そしてその場を離れた。

平静を装っているが、心臓はどくどくと音を立てていた。

「思い出した……！」

それは崖崩れがあった時の記憶だ。あの時、突然馬車が揺れた。

ローラはその揺れのせいで、壁に頭をぶつけて気を失った。

同時に馬車の扉が開いて、覆面をした男が侵入してきたのだ。

男はナイフでローラを狙っていた。とっさに男に体当たりして、ローラから引き離した。

あの時は一瞬の事で、何が起こったのかもよくわからなかった。本当だったらじんましんが出たはずなのに、恐怖を感じている暇すらなかったのだと思う。

何とかローラを守ろうと、無我夢中で男ともみ合った。

その時、男の覆面を剝ぎ取った。

（馬車に入ってローラ姫を狙った男は――――ルクルスだった。あのあと、馬乗りになった彼にナイフで殺されるところだった。寸前で馬車が横転して、彼は馬車の外に飛び出して、でもわたしとローラ姫は脱出できなくて馬車が崖から落ちて……)

それからの事は覚えていない。

(あの崖崩れは、誰かが爆薬を仕掛けて起こしたもの。あのタイミングで馬車に侵入したって事は、彼が崖崩れの事故を起こした可能性が高い。あの騒ぎに乗じてローラ姫を殺そうとしたのだとしたら……)

レオンに知らせなければと思った。彼は大広間の真ん中で、貴族達と話をしている。

「あの……」

駆け寄ると、レオンがこちらを向いた。

目をあわせて話を続けようとすると、聞き覚えのある曲が流れ始める。

自分達の周りだけ、ぽっかりと穴が空いたように人が退く。

二人で踊るワルツの時間だった。

レオンがこちらに向き直り、左手を腰に、右手を前にやり、仰々しくお辞儀した。

「踊って頂けますか？」

レオンが微笑んだ。自分達を囲むようにしてみんなの視線が集まっている。

「……喜んで。陛下」

一刻も早く話をしたいが、このダンスは断るわけにはいかない。

レオンが差し出した手を握って、ダンスが始まった。

猛特訓のおかげでダンスは順調だ。体がステップを覚えていて、レオンの足を踏む事なく、軽やかに踊れていた。しかしユリアは心ここにあらずだ。

（早く……！　早くルクルスの事を報告しなくては！）

「……どうかした？」

囁かれてはっとした。踊りながらもレオンが怪訝そうな顔つきをしている。

「落ち着きがないな。何を気にしているの？」

（話していいのかな。でも周りには誰もいない。早く伝えたいし……）

ダンスホールで踊っているのは自分達だけ。

みんなが見つめているが、小声で話すなら聞こえないくらいの距離はある。

「実は……」

崖崩れの時の状況を思い出した事、馬車でルクルスに襲われた事を踊りながら話した。

レオンは聞き終えて、眉根を寄せる。

「やっぱり、崖崩れの事故はホラクス国が仕組んだんだな。結婚が成立して一番困るのは彼らだし。でもルクルスはホラクス国の軍でも一番の穏健派だと言われている。君の証言だけでは、事故のせいで幻覚でも見たのだと言い逃れされるかもしれない」

レオンがさっと周りに目をやった。

「いまはダンスに集中して。ルクルスは明日までは滞在するはずだ。必ず捕らえる。いま君が一番やるべき事は、王妃としてみんなに認められるように振る舞う事だ」

気持ちは焦っていたが、レオンの言葉は正しいと思った。

（レオン王に任せよう。わたしがするべき事は、この結婚を成立させる事。わたしにできる精一杯の事をしよう）

心で呟いて、レオンとのダンスに集中した。

みんなに見守られて国王とダンスするなんて、自分の体に戻ったらもう二度とないだろう。彼のリードに身を委ねて、曲にあわせてステップを踏んだ。

「ルクルスの姿がない」

レオンの言葉に、ユリアは目を見開いた。舞踏会は宴もたけなわだ。

「兵に捜させたが、どこにもいないんだ。彼らが泊まっているのは城の近くの宿だ。そちらも見に行かせたが、いなかった。糾弾するにはそれなりの証拠がいるから、ひとまず適当な理由をつけて捕らえようと思っていたけど」

「いったい、どこに……？」

二人だけのダンスが終わって、ダンスホールではたくさんの人々が踊っている。優雅な音楽が流れているが、それが耳に入ってこないほど焦っていた。

「わからない。奴が一人でやったとは思えないから、協力者がいるはずだ。そいつらと一緒かもしれない」

大広間に目をやって、レオンに囁いた。

「じゃあ、行方を知ってそうな人物に聞きましょう」

目は、大広間の隅できょろきょろしているファインに向けられていた。

「素直に話すかな。ルクルスが犯人なら、あいつが何も知らないはずがない」

「ですが情報を聞き出せそうなのは彼だけです。油断しないでいきましょう」

レオンと二人でファインに近づく。酒をあおっているファインに背後から声をかけた。

「ファイン王子、よろしいですか？　ルクルス様はどちらでしょう？」

「ああ、ルクルスなら俺も捜して……って、ローラ！」

ファインが慌てて姿勢を正す。すぐに隣にいるレオンに気づいて、眉根を寄せた。

「お前の顔は見たくないんだが。まったくローラと結婚なんて……！」

かっと怒りで顔を赤くしたファインに、詰め寄った。

「急いでいます。ルクルス様はどこですか？」

感情的になられるのはまずい。見つめると、今度は恥ずかしそうに顔を赤くした。

「ああ、ローラ。君はいつ見ても素敵だ。……ええっと、ルクルスがいまどこにいるかはわからない。さっきまでは近くにいたんだ。監視していたから間違いない……あっ」

ファインが口を押さえた。

「監視していたってどういう事ですか？」

さらに詰め寄ると、ファインが口ごもった。

「それは……我が国に関わる事だから言えない」

口を閉ざしたファインを見て、息を整えた。

「……ルクルスが崖崩れの事故を起こした可能性があります。あの時馬車に彼が入ってきて襲われたのを思い出しました」

ファインが目を大きく見開いた。

「やっぱり、そうなのか……！」

「やっぱりってどういう事ですか？」

思わず聞くと、ファインはまっすぐにこちらを見つめた。

ファインは濁りのない澄んだ瞳をしていた。

「ルクルスは、軍では穏健派として知られている。俺が子どもの頃からそばで護衛として仕えていて、戦いに明け暮れるホラクス国をどうにかしたいという俺の気持ちに寄り添ってくれていた……」

ファインは、一度言葉を止めた。そして何か考え込んだあと、大きく深呼吸する。

「俺は戦いにはうんざりしている。侵略を繰り返すせいで軍に金がかかって、ホラクス国の民は高い税金を払わされている。みんな疲弊しているんだ。自国の民を守れないのに、他国を侵略する余裕はないと何度も父に訴えてきた」

真剣な声と言葉だった。嘘をついているとはとても思えないほどの。

「いまホラクス国がするべき事は侵略ではなく、内政を整える事だと父を何度も説得してきた。そしてようやく父も国民が苦しんでいる事に目を向け始めてくれたんだ。軍を縮小して、民達の税を軽くするような政治に取り組み始めた」

ファインが腕組みをして息をついた。

「だが反対する者達は多い。特に軍の者達だ。彼らはヨルン国を侵略すれば、宝石の利益で軍をもっと強くできるし、民達の負担も減らせると考えている。そういう武闘派達が勝手に戦争を仕掛けないよう見張る部隊を俺が設立した。……ローラにだから本当の事を言うが、実は最近、俺達の情報が武闘派達に筒抜けだとわかったんだ」

ファインは苦しそうだった。それでも言葉を続ける。

「できたばかりの部隊で、情報を詳しく知る者は限られている。誰が漏らしているのかずっと調べていた。そうしたら……ルクルスの名前があがって」

ファインが拳を握りしめた。

「信じたくなかった。でもあいつはローラの馬車が事故に遭った時、ホラクス国にいなかった。武闘派が結婚に反対して何かする気だという情報があったから、まさかと思った」

「そんなあやしい男を連れてきたのか？」

レオンの厳しい言葉に、ファインは顔をゆがめた。

「もしルクルスが犯人なら近くで監視する方がいいと思った。何かしようとしたら、すぐに止められる。それに……信じたかった。あいつは子どもの頃からそばで支えてくれて。でも前にローラに相談したら、王族なら耳に心地いい事ばかり言う人ほど疑えと言われて」

「ローラ姫に……いえ、わたしに？」

ローラの言葉とは思えないが、さすがに今更嘘はつかないだろう。

ファインも驚いた顔をしている。

「忘れたのか？　薬草を内緒で届けた時に、裏切り者がいると悩んでいた俺に、君がいままでの信頼とか関係性とか、とにかく感情的なものはすべて忘れて、客観的な事実だけを見ろと言っただろう。そうしてみたら、一番あやしい動きをしていたのはルクルスだった」

ファインは悲しそうに目を伏せた。

「崖崩れの事故の時は、俺達は結婚式に向けて国を出発する準備をしていた。打ち合わせがあったのに、ルクルスは体調が悪いと言って姿を見せなかったんだ。その後事故の話を聞いて、もしやと思った。あれは俺のミスだ……。俺のせいでローラを危険な目に遭わせてしまった」

ファインの後悔の気持ちが痛いほど伝わってきた。レオンが鋭い目を向ける。

「君が何も知らなかったと言われても、信じられないな」

「ローラが怪我をするかもしれない事故なんて、起こすわけないだろう。ローラが死んだら、俺も生きてはいられない！」

言い切ったファインの表情は真剣なものだった。

(彼は嘘を言っていないように思える)

人を見る目に自信はないが、それでも彼は正直な人間だと思った。

だからなるべく落ち着いた声で話しかける。

「ではそれを証明してください。ルクルスを捕まえて話を聞けばわかるはずです。いまの言葉に嘘がないなら、手伝いますよね？」

「もちろんだ。いくらルクルスでも、ローラを襲うなど万死に値する！」

ファインが決意を口にすると、兵士の一人がレオンに駆け寄って何か耳打ちした。

「ルクルスはやはり見つからないようだ。辺りにあやしい動きはないが、念の為に舞踏会はもうお開きにしよう。客に怪我でもさせたらまずい。ファイン王子。ルクルスを捜すのに協力を。……君は部屋に戻っているんだ」

目を向けられて、思わず首を横に振った。

「しかし……！」

「君に何かあったら、あいつらの思う壺だ。動かず、部屋で待っていろ」

ファインに背を向け、レオンに向かってそっと声を潜めた。

「ですが、事故を起こした犯人がルクルスなら、入れ替わりの原因を作ったのも彼かもしれません。結婚式までにはもとに戻る約束でした。犯人がわかったのに、自分だけ安全なところにいるわけにはいきません」

レオンがそっと耳元に口を寄せた。

「このままルクルスが見つからないようなら、もとに戻らなくても結婚式は行う。だから部屋に戻るんだ」

意外な言葉だった。目を瞬かせて、レオンを見上げる。

「いいんですか？　結婚式をあげるには、もとに戻るのが一つ目の条件だったはず」

「それはそうだが、今日の舞踏会で何もしてこないなら、奴らの狙いは明日の結婚式だ。それまでにルクルスを見つけるよう努力するが、駄目だった場合ある計画を実行したい」

「計画？」

眉根を寄せると、レオンは頷いた。

「あとで説明するが、計画には君が必要だ。協力してくれたら、結婚式までにもとに戻るという条件はいったん保留にするよ。悪い話ではないだろう」

確かに願ってもない提案だ。頷くと、レオンは体を離した。

「部屋に戻って。見張りをいまの倍はつける。君に怪我をさせるわけにはいかないから」

「わかりました。ローラ姫にお怪我があってはなりませんよね」

呟くと、レオンが眉根を寄せた。

「いや、そうではなくて……。とにかく君が怪我をするのは嫌だ。だから、戻って」

レオンに促されて、護衛に囲まれて部屋に戻る。本当は自分の手でルクルスを捕まえたいが、ローラの体で危険はおかせない。

レオンの計画に乗って彼を捕まえるしか、もとに戻る方法はないと、ユリアは思った。

鐘の音が聞こえて、ユリアは気を引き締めた。

ここは城の隣に建つ、ラグラダ大聖堂の控え室だ。舞踏会のあと、レオンとファイン、そして兵士達が一晩中ルクルスを捜したが見つからなかった。

だからレオンは、ある計画を実行すると決意した。

彼の計画に協力すれば、結婚式までにもとに戻るという条件はいったん保留になる。

「まさか、ローラ姫として結婚式をあげる事になるなんて……」

鏡に映るのは、真っ白なウェディングドレスを着たローラだ。豊かな金髪は綺麗に結い上げられて、銀色に輝くティアラとレースのベールがつけられている。

ドレスにもレースがふんだんに使われていて、ヨルン国で採れた宝石がいくつも縫い付けられていた。動くたびにその宝石がきらきらと輝いて、とても綺麗だ。

ピンクの薔薇で作られたブーケも、愛らしいローラの姿によく似合っている。

「結婚式までにはもとに戻るのが条件だったから、ウェディングドレスを着るとは思っていなかった。しかも、ローラ姫の姿だし……」

男性恐怖症なので、結婚は無縁だと思っていた。そんな自分がこんな豪華なドレスを着て、ファーストデンテ国の国王と結婚式をあげるなんて夢にも思わなかった。

口には出せないが、レオンの事が好きだ。ローラの姿でウェディングドレスを着て、彼と結婚式をあげるのは、かなり複雑な心境だ。

「……わたしの気持ちはひとまず置いておこう。結婚式にはローラ姫として臨まないと。髪型よし。ウェディングドレスよし。アクセサリーよし。ブーケよし」

早朝から十人以上の侍女達に囲まれて、準備をした。苦行のコルセットを締める作業も、今日は特に念入りに行われたので、息苦しくてたまらない。

しかしそのおかげで、すっきりとしたウエストに仕上がり、ドレスがよく映えていた。

準備が終わったので、一人にしてほしいと侍女達には外に出てもらった。

「ルクルスが結婚式で仕掛けてくる可能性は高い。必ず捕まえてもとに戻らないと」

自分に言い聞かせるように口にした。鏡を見つめると、ローラの顔つきが厳しい。

「……結婚式前の花嫁の顔じゃないな。笑顔でお客様をお迎えしないと」

ローラに教えてもらった、挨拶の作法を思い出す。

「王妃になったら、女性ではわたしが一番高い位になるから、みんなは声をかけられない。わたしから声をかけるようにする。声をかける順番は、身分の高い方から。間違うと相手の機嫌を損ねるから絶対に……」

「声は私がかけるから君は黙っていていいよ」

声が聞こえてびくっとして振り向く。いつのまに部屋に入ってきたのか、レオンが肩にたくさんの勲章をつけた青い軍服を着て立っていた。

ファーストデンテ国の王は軍をまとめる総大将でもある。おそらくこの軍服が、彼の第一級正装なのだろう。すらりとした長身に、青い軍服が惚れ惚れするほど似合っていた。

(素敵だな……。でも彼が結婚するのは〝ローラ姫〟だ)

そう思うと、胸がずきりと痛んだ。初めて誰かを好きになったのに、もうすぐ彼は結婚する。鏡の中のローラとレオンは美男美女でお似合いだ。

外見はローラでも、中身は彼に釣り合わない自分なのにと思うと、悲しくなった。

「準備は完璧のようだな。よく似合う」

レオンに見つめられて、微笑んだ。考えていても仕方ない。どんなに望んだって手に入らないものはある。もとに戻っても、彼に臣下として仕えられるなら、それでいい。

「本当ですよね。可愛らしいローラ姫にぴったりの衣装です。わたしもいつかこういうのが着られるといいんですが」

宝石がちりばめられた真っ白なドレス。きっと一生働いても買う事ができないほど高価だろう。鏡を見つめると、背後のレオンが低い声を上げた。

「……誰と結婚する時に着るつもりかな。そういう相手がいるのか？」

振り向くと、レオンは仏頂面だ。

「とんでもない。そういう相手はいないです。着られるといいなと思っただけで。でもこういう可愛いのはわたしには似合わないです。本当のわたしは大柄なので」

苦笑すると、レオンがやや表情を緩めた。

「いや、きっと似合うよ。背が高いからこそ、ドレスが映えると思う。ユリアなら、はっきりした色が似合うだろう。私が選んであげるから、もとに戻ったらプレゼントさせてくれ。それを着た本当の君と踊りたい」

レオンは本気のようだ。嬉しいが、単純には喜べない。

「プレゼントはお断りします。もとに戻ったら、ローラ姫とご結婚されるのです。贈り物は王妃になさってください」

微笑むのは辛かったが、それでもなんでもないふりをした。

レオンはやや目を伏せて、口元を引き結んだ。

「……その話はまたあとでしよう。もう時間だ」

頷くと、ノックの音がした。

「陛下、準備が整いました」

扉の外から声がした。レオンが左側に立ち、腕を差し出す。

「では、行こうか。花嫁殿」

「はい」

レオンと腕を組む。扉を開いて一歩ずつレオンとともに歩みを進めた。

ファーストデンテ国一の規模を誇る、ラグラダ大聖堂。

色とりどりの壁画や天井画に囲まれた大きな広間には、たくさんの招待客がいる。

彼らは左右に分かれて座り、その真ん中の道を、ユリアはレオンと一緒に歩いていた。

たくさんの客達の視線を一身に浴びて、緊張でめまいがしそうだ。

赤い絨毯の道を進んで、ようやく大司教の前まで来ると、祈りの言葉が始まった。

頭の中で結婚式の段取りをもう一度確認して、ふとある事に気づく。

もうすぐ結婚の誓いを述べるのだが、問題はそのあとだ。

(いろいろあってすっかり忘れていたけど、誓いの言葉が終わったらキスがある。レオン王とはダンスは踊れるようになったし、少しは触れるようになったけど、さすがにキスは駄目な気がする……!)

みんなが見ている前で、じんましんが出てうっかりレオンを攻撃したら、結婚式はめちゃくちゃになるだろう。そもそも誰かとキスするのも初めてだ。

レオンの事は好きだが、他人の体で彼とキスするのは、いろんな意味でまずいと思う。心の中で葛藤していたが、逃げるわけにも拒否するわけにもいかない。

「……か？　ローラ姫」

「えっ!?」

考え事に没頭していて、突然名前を呼ばれた事に驚いた。

慌てて顔を正面に向けると、大司教が眉根を寄せている。

「レオン・ユアン・ファーストデンテを夫とし、生涯愛する事を神に誓いますか？」

うろたえている間に、誓いの言葉になっていた。レオンが先に誓うはずだから、混乱している間にもう終わったのだろう。隣を見ると、レオンが真剣な面持ちで頷いた。

(神様、嘘をついてごめんなさい。でもこれも国を救う為なんです)

(どうしよう……!)

ぎくしゃくしてレオンの方を向き、体を強ばらせて顔を上げた。

「では、神の名の下に二人を夫婦と認めます。末永い幸せを祈ります。誓いのキスを」

「はい、誓います」

ドォーン!

大きな地響きがして、辺りが騒然とする。ガタガタッと大聖堂全体が揺れた。

「爆発だ! 避難を!」

招待客が悲鳴を上げた。見張りの兵がいっせいに集まり、避難を誘導する。

「私は客達を避難させるから、君は先に外に出て!」

レオンに促されて頷いた。彼の合図で集まった護衛達に囲まれて外に出る。

「ローラ姫、こちらです」

護衛についていくと、大聖堂の裏手に出た。植木に囲まれた小さな庭には誰もいない。

「こっちには誰も来ていないようです。みんな正面の入り口に避難したのでは……」

そちらに向かおうとすると、護衛達が行く手を塞いだ。

「ようこそ、ローラ姫」

その声には聞き覚えがあった。護衛達が道を開けて姿を現したのは、ルクルスだ。

ユリアは落ち着けと自分に言い聞かせる。

「捜していたわ、ルクルス。どこにいたの？」

「昨日の舞踏会で、ローラ姫が私を見て急に顔色を変えられたので、身を隠しておりました。何か余計な事を思い出したんでしょう？」

「事故の時、馬車に入ってきたあなたを思い出したわ。あれを仕組んだのはあなたね」

嫌な笑みを浮かべたルクルスを見て、怒りがこみ上げる。

「あんな事をして、よくもわたしの前に顔を出せたわね。最初から覚えていたらどうするつもりだったの？」

「覆面がとれたのは一瞬でしたし、姫は気絶しておられたので。あの時の威勢のいい護衛が私を覚えていたとしても、事故のせいで幻覚を見たと言い張るつもりでした。実際証拠はないので、彼女の証言だけでは私を捕まえられませんし」

悪びれないルクルスに、腹が立って仕方ない。

「あなたに裏切られて、ファイン王子は傷ついている。どうしてこんなひどい事が……」

レオンと一緒に昨日からずっとルクルスを捜していたファインは、かわいそうなくらい憔悴していた。ルクルスはにやりとする。

「ファイン王子！　彼はとてもいい人ですよ。すぐに人を信じるし、見かけによらずお優しい。だますのが簡単でした。ああいう人と結婚する方があなたも幸せになれるのに」

おおげさな身振り手振りで話すルクルスに、嫌悪感がわいた。

「あんなにあなたの事を信用している人を裏切ってまで、結婚を阻止したいの？」

「ええ。ホラクス国ではね、戦争が続かないと困る人たちが大勢います。戦う為に軍に入った者達とか。戦争の道具を売る商人とか。敗北した国を食い尽くす貴族達とか。それなのに、あの王子ときたら、国王を説得して侵略をやめさせようとした」

ルクルスの顔つきが急に冷たくなった。

「いままでうまくだましてこられたのに、最近のファイン王子は妙に鋭くなった。どうやら入れ知恵した者がいるらしい。あなたですよね。ローラ姫」

それはファインも言っていたが、ローラがそんな事をしたなんていまも信じられない。

「あなたに消えてもらえば、ヨルン国はファーストデンテ国の後ろ盾を得られないし、ファイン王子を操るのもたやすくなる。だから死んでもらう事にしたんです」

にっこり笑ったルクルスが片手を上げた。

「兵もレオン王も客達の避難で手一杯でしょう。おかげであなたを連れ出せた。見張りが多くてなかなか手が出せなかったが、これでようやくあなたを始末できる」

笑い続ける彼をじっと見つめて、ふいに口角を上げた。

「ルクルス、あなたが何か仕掛けてくるのはわかっていた。そんな時に、国の内外の王族や貴族達を呼んで結婚式をあげるなんて愚かな真似は、レオン王はなさらない」

　強気な視線を向けると、ルクルスがふいに真顔になった。

「どういう意味だ？」

「招待客はいまごろ城の大広間で豪勢なパーティーを開いている。だって今日の結婚式は諸事情で『延期』になったから」

「だが、さっき大聖堂には、客が……」

　言いかけて、ルクルスが目を見開いた。

「そう、あれは軍人達が変装していたの。また爆薬を仕掛けるんじゃないかとレオン王は予想されていたから、偽の結婚式を計画された。避難で混乱したように見せかけただけ。あなたはレオン王がまいた餌に見事に食いついたの」

　偽の結婚式に協力すれば、式までにもとに戻るという条件はいったん保留にするとレオンに言われていた。罠にはまったルクルスを見て、ほくそ笑む。

　ルクルスはだまされたとは思ってもみなかったようで、慌てて辺りに目をやった。

　それと同時に、裏庭に軍人達が押し寄せる。周りを囲まれて、ルクルスが青ざめた。

　軍人達と一緒にレオンとファインが姿を見せる。レオンが剣を抜いてルクルスに向けた。

「聞きたい事が山ほどある。まずローラ姫を殺害しようとした件についてだ。観念しろ」

　ファインが厳しい目つきになった。

「信じていたが、もう無理だ。ルクルス、いままでありがとう。そして——これからは敵だ」

ファインが腰の剣に手をかけると、ルクルスはこちらに駆け寄って、剣を抜いた。

後ろから羽交い締めにされて、喉元に剣を突きつけられる。

「こっちに来たら、ローラ姫を殺すぞ！」

レオンがふっと笑った。

「それはやめた方がいい。殺されるのはお前だ」

「何だと！　こんなか弱い姫にそんな事が……」

嫌悪感に肌がふつふつと沸き立つ感触。

いつもは静めようと必死になるが、今回は我慢しなくていいと思った。

「男がわたしに触るな！」

剣を持つ手を取り、相手の力を利用して、思いっきり投げ飛ばした。

「はぁっ！」

かけ声とともに、倒れ込んだルクルスの顔面に、右拳をたたきこむ。

「うっ……！」

それが合図のように、いっせいに軍人達が敵に飛びかかり、あっという間にルクルスの仲間達も捕らえられた。

縄で縛られたルクルスと仲間達を見て、ユリアはようやくほっとした。じんましんは何とか引いたので、レオンと話がしたくて近づく。彼はファインと向き合っていた。

「……レオン王、ルクルスにはホラクス国で裁きを受けさせたい」

「そういうわけにはいかないよ。これだけの事をしたんだ。我が国で裁きを受けさせないと。それにホラクス国には奴の仲間がいるだろう。君みたいな単純な奴はまただまされて無罪放免にするのではないか？」

きつい一言だが、ファインはいつものように荒々しく言い返したりはしなかった。

「もうだまされない。いまのままでは駄目だと思い知った。ルクルスを捕まえた事で、軍の武闘派の取り締まりを強められるだろう。もう情に流されたりしない。信じてくれ」

ファインは何かを振り切ったような真摯な顔つきだ。

「俺が責任を持って処罰する。父のもとに連れて行き、奴がした事を報告する」

ファインがこちらに視線を向けた。

「そして、我が国の者がローラを襲った責任を、父にもとってもらう。父にホラクス国は二度とヨルン国へ手を出さないと念書を書かせる。それがあればヨルン国の平和は保たれる。念書を父に書かせる為にも、ルクルスを連れ帰って我が国で罰する必要があるんだ」

ファインなりに考えた結果だろう。レオンは腕組みした。

「それはわかるが、ルクルスがした事は……」

「少し、いいですか」

思わず口を挟んでいた。ファーストデンテ国の国王とホラクス国の王子の話し合いに割って入るなんて、どれだけ失礼な事かわかっている。それでも言わずにいられなかった。

「ファイン王子に賛成です。ファーストデンテ国でルクルスを裁けば、いくら彼が悪くてもホラクス国からの干渉があるはず。国同士の問題になると思います」

レオンが眉根を寄せた。

「しかし、それでは我が国の者達も黙っていない。こいつらのせいで、結婚式が延期になったんだぞ。ローラ姫だって、命を狙われた」

「わかっています。ですが、大陸の中でもホラクス国とファーストデンテ国は並び立つ大国です。もし意見の相違から、戦いが起こるような事になれば、大陸中を巻き込んだ争いに発展する恐れがあります」

気持ちを込めて、レオンを見つめた。

「〝子ども達が安心して暮らせる国であってほしい〟。それがわたしの願いです。ヨルン国だけではなく、ファーストデンテ国やホラクス国の子ども達もです。お二人は国を背負って立つ方です。大陸の平和の為に、自分達に何ができるかを考えて頂きたいんです」

レオンがはっとしたように目を見開いた。

「子ども達が安心して暮らせる国であってほしい、か。君の願いはそうだったな……」

呟いてしばし逡巡したあと、レオンがファインに目を向けた。

「国王に、本当にヨルン国には手出ししないという念書を書かせられるのか？」

「ああ、俺の命に代えてでも」

ファインの誠実な答えを聞いて、レオンが仕方なさそうに息をつく。

「では、今回は譲ろう。でもこれは貸しだよ。あとで返してもらうから覚悟して」

レオンの言葉に、ほっと息をついた。

（これで戦いが避けられる。父さんの願いを叶えられたんだ。よかった……！）

ファインがこちらに向き直る。

「口添えをありがとう。ローラ、やっぱり君が好きだ。結婚してほしくないのが本音だ。君を守りたいけど、ホラクス国に帰らなければ。俺が戻ってくるまで待っててくれ！」

熱い告白にどう答えていいかわからない。あいまいに微笑むと、ファインは破顔した。

「俺に笑いかけてくれるなんて……！　やっぱり君は悪ぶってても優しいな」

「いえ、そんな事は……ん？　悪ぶってるって……」

問いただそうとすると、ファインは誰かに呼ばれてその場を去ってしまった。

頭の中は疑問符だらけだ。眉根を寄せていると、レオンがそっと囁く。

「ルクルスが連れて行かれたら、話が聞けなくなる。チャンスはいましかない。人払いするから、入れ替わりの事を聞き出すといい」

「ありがとうございます……！」

ようやくもとに戻る方法が聞き出せる。レオンが護衛に話しかけて下がらせるのを見届けて、縛られて座っているルクルスに近づくと、彼は顔を上げる。

ルクルスの目にはまだ攻撃的な色が窺えた。話しかける前に、彼がふっと笑う。

「……ローラ姫は噂と違い、武術に長けているな。油断した。だが、まだ詰めが甘い！」

ルクルスが突然立ち上がった。縛られていたはずなのに、縄が地面に落ちる。

まずい！　と構える前に、ルクルスが右手を振り上げた。

手には日差しを受けて不気味に光る小さなナイフがある。

「死ねっ！」

ルクルスが手を振り下ろした。逃げる暇はなくて、思わず目を瞑る。

痛みを予想して覚悟したが、しばらく経っても何も感じなかった。代わりにうっとうめき声がする。慌てて目を開けると目の前にはレオンの背中があった。

「レオン王！」

ルクルスが隠し持っていたナイフが貫いたのは、自分を庇うように目の前に飛び出したレオンの左肩だ。赤い血が地面にしたたり落ちて、ひっと喉の奥で悲鳴を上げた。

レオンが素早くルクルスの腕を取り、ひねり上げてナイフを取り上げる。

「罪状に、国王暗殺未遂が加わったな。死刑は免れないと思え」

普段の軽い調子のレオンとはまったく違う、聞いただけで震え上がるほどの冷たい声と顔つきだった。ルクルスが一瞬で青ざめる。

兵達が駆け寄り、ルクルスを捕らえて遠ざけた。

「レオン王。大丈夫ですか！」

「かすり傷だ。君に怪我がなくてよかった」

青い軍服が肩から流れた血で、真っ赤に染まっていた。それを見て、血の気が引く。

「わたしが油断したせいです。申し訳ありません。ローラ姫の体を危険にさらしたばかりか、レオン王にも怪我をさせてしまって……」

レオンが止血の為に布を肩に当て、真顔になった。

「一つはっきりさせたい事がある。君を……〝ユリア〟を守りたかったんだ。体はローラ姫でも、怪我をして痛い思いをするのは君だ。君がそんな思いをするくらいなら、私が怪我した方がましだ。君が無事なら私は嬉しいんだから、謝るより違う言葉を聞かせて」

言葉が胸に響いた。誰かにこんなに大切に思われたのは初めてだ。心のどこかで、国王である彼が自分を好きだと言うのは、ただのきまぐれではと疑っていた。

だが自分を庇って血を流す彼を目の当たりにして、そんな疑いは綺麗に消え去った。

「ありがとうございます……」

言葉は自然と出てきた。レオンが心からの笑みを浮かべる。

「すごく抱きしめたいけど、いまは我慢するよ。本当の君を抱きしめたいからね」

抱きしめたいなんて言われたのも初めてだ。顔が赤くなるのを止められない。

レオンはルクルスに目をやった。

今度は抜け出せないようきつく縛られているのを確認して、兵達に下がるよう命じる。

「さあ、聞き出すならいまだ。私がついているから大丈夫」

レオンに促されて、今度は油断しないように肝に銘じてルクルスに近づく。

「ルクルス、どうやったの？」

「何を言っているんだ？」

ルクルスはさすがに観念したのか、吐き捨てるように応えた。

「入れ替わりよ。どうやったらもとに戻れるの？」

鋭く聞くと、ルクルスが眉根を寄せる。

「だから何の話だ」

「崖崩れの事故を仕組んだ時、呪いとか、そういうのをわたし達にかけたでしょう？」

「何を意味不明な事を言っているんだ。ローラ姫」

眉間にしわを寄せたルクルスの言葉に、思わず目を見開いた。

（いま、ローラ姫と呼んだ。入れ替わりを仕組んだなら本物ではないと知っているはず）

様子を見ていたレオンが、ルクルスに一歩近づく。

「事故を起こした時、お前達は爆薬を仕掛けただけか？　他に何かしていないか？」

「何もしていない。ファイン王子の監視がきつくて、準備の時間があまりとれなかったんだ。あの時間に馬車が通る予定になっていたから、崖の上を爆破して、崖崩れを起こした。その混乱に紛れてローラ姫を暗殺する予定だった。馬車に侵入したが、石が落ちてきて馬車が横転したから、慌てて外に飛び出したんだ」

レオンと顔を見合わせた。ファインが手配したホラクス国の軍人が彼を立たせて連れて行く。それを見送ってから、ぽつりと声が漏れた。

「……実は、ずっと気になっている事があります。まさかと思って無意識に否定していたんですが、心の中でくすぶっていて」

ファインが言っていた事を思い出す。いままでの信頼とか関係性とか、とにかく感情的なものはすべて忘れて、客観的な事実だけを見ろとローラに言われたと。

いままであった事を頭の中で整理して、客観的な事実だけを見てみる。

すると、信じられないような可能性が一つ浮かんだ。レオンが顎に手を当てる。

「私もおそらく同じ事を思っている。急いだ方がいいかもね」

二人で目を見合わせる。真実を確かめる為に、一緒に足早に城へと戻った。

終章

辺りはすっかり暗くなっていた。ユリアは怪我の応急手当てを終えたレオンと自室に戻ってきていた。扉をそっと開けて、持っていたランプで部屋を照らす。

「何をなさっているんですか？」

窓から身を乗り出している人物が、慌てたようにこちらを向いた。背後にいたレオンが部屋の明かりをともす。窓のそばにいたのは、自分の姿をしたローラだった。

「星を眺めていたの。とっても綺麗で……」

「外は小雨が降っていて、星なんて出ていませんが」

にっこり笑うと、ローラは明らかにうろたえた。

「あら、本当に雨だわ。変ね、星が見えたような気が……」

「逃げるつもりでしたよね？」

近づくと、ローラは両手を顔に当ててわあっと泣き出した。

「ひどい、どうしてそんな事を言うの……！」

「それも嘘泣きですよね」

「違うわ。私の事を信じて」

「いいえ。信じません。ファイン王子に仰ったんでしょう。いままでの信頼とか関係性とか、とにかく感情的なものはすべて忘れて、客観的な事実だけを見ろと。わたしもそうしたんです。そして入れ替わった時の事を思い出しました」

事故にあって湖に落ちて体が入れ替わった。最初は伝説の事もあって、湖が原因で入れ替わったと思った。だけど伝説通りローラと二人で湖に入っても、もとに戻れなかった。

次は事故を起こした犯人が、入れ替わりを仕組んだと思った。

しかしルクルスを問いただしても、彼は何も知らなかった。

改めて事故の前後で変わった事はなかったか考えて、一つ思い出した事がある。

「あの事故にあう直前、ローラ姫の手作りのお茶を二人で頂きましたよね。あれが入れ替わった原因ではないですか？　入れ替わりを仕組んだのは、あなたでしょう。ローラ姫」

「そんなはずないじゃない。どうして私がそんな事を……？」

「結婚したくなかったからでしょう。政略結婚が嫌で、身代わりを用意する為にわたしと入れ替わった。そしていま逃げようとしていたんですよね。新たな体を手に入れて」

冷静にと念じた。

しばらくの沈黙が流れて、ふいにローラが大きくため息をついた。

「あーあ。つまんない。ユリアはきまじめでだまされやすいところが可愛いのに。何でばれちゃったの？」

ローラが顔を上げる。彼女の目には涙の一粒も浮かんでいなかった。初めて見るようなふてぶてしい表情で、椅子に腰掛けて腕組みする。

(やっぱり……!)

裏切られたショックで拳を震わせる。

心のどこかでまだ彼女を信じていた自分を、情けなく思った。

「ファイン王子は国を思う優しくて誠実な方でした。彼の話がすべて真実だとしたら、嘘をついているのはローラ姫だと気づいたんです。彼は言っていました。ローラ姫に、可愛いふりなんてもうしなくていいのにと。本当はたくましくて気が強くて、そしてわがままだと。彼だけがあなたの本性を知っていたんですね」

いかつい見た目と強引な態度のせいで、ファインを誤解していた。

何より、目の前の王女が、彼を信用するなと耳元で囁いたのだ。

ローラはか弱くて優しいと信じていたので、ファインの話は妄想だと決めつけていた。

(ローラ姫の言動に時々違和感があったのに、彼女の本性に気づけなかった。なんて馬鹿なんだ、わたしは!)

自分に腹を立てていると、ローラが苦笑した。

「ファインとは子どもの頃から知り合いなの。昔から体が大きくて強面なのに、すぐピーピー泣くのよね。国が侵略を繰り返すせいで民が苦しんでいるとか、繊細な事ばかり言って。あんまりぐずぐず言うから、二人だけの時に言ってやったの。あなたホラクス国の王子でしょう。いまの状況が辛いなら王子として自分にしかできない事をやりなさいって」

ローラは肩を竦めた。

「それ以来、あいつ私を見ると尻尾振ってついてくるようになって。だからいいようにこき使ってやったの」

「ファイン王子の言う事が正しいとしたら、薬草って何の事ですか?」

ずっとそれが気になっていた。ローラがほくそ笑む。

「入れ替わりの効果がある魔法のお茶を作るのに必要な薬草は、ホラクス国でしか手に入らないの。だからファインにとってきてもらったのよ。薬草があれば結婚しなくていいかもって言ったら、あいつほいほい持ってきて」

ふふんと笑うローラに、レオンが厳しい目を向ける。

「魔法のお茶を作れるなんて、君は何者だ?」

「答えはユリアも知っているんじゃない?」

目を向けられて、以前聞いた事があるヨルン国の噂話が頭に浮かんだ。

「ローラ姫は本当は王妃の娘ではなく、魔術を使う国王お抱えの占い師の子だという話ですか?」

「それは本当よ。私は大した力はないけど、占いはかなり当たるし、母が城から逃げ出す時に置いていった魔術書がある。入れ替わりの薬は魔術書に作り方が書いてあったのよ」

「魔術書って……本当にそんなものを信じて、薬を作ったんですか？　死んだりするかもしれないんですよ」

極端かもしれないが、十分あり得る事だ。

「薬の材料を見る限り、死ぬ心配がないのはわかっていたわ。それに魔術書に書いてあった他の薬を作った事があるけど、実際に効果があったし。だから入れ替わりの薬も大丈夫だと思ったの」

あっけらかんと言い放つローラに唖然としたが、何とか気を取り直す。

「そんな事をしてまで、結婚したくなかったんですか？」

「当たり前じゃない。どんなにいい男でも誰かに縛られるなんてごめんだわ。だから私の代わりにあなたに結婚してもらおうと思って」

ローラがうふっと小首を傾げた。

「大変だったのよ。入れ替わるには条件があって、同い年で同じ月の同じ日に生まれた同性でないといけないの。調べた結果、条件に合うのは身近ではあなただけ。だから連れてきたのよ。湖の伝説も知っていたから、あの近くでお茶を飲んで入れ替われば、湖のせいにできると思ったの」

すべて彼女の思い通りに事が進んでいたのだろうか。あまりの事に怒りがわいた。

「ずっとだましていたんですか？」

「そんな事ないわ。だってあなたはいつでも自分の意志で物事を決めてきたじゃない。私のふりをすると決めたのも、湖に一緒に入ればもとに戻るかもと言い出したのも、事故を起こした犯人が入れ替わりを仕組んだと言い出したのも、全部あなたよ」

いままでの事を思い出す。確かにそれらは自分で決めた事だ。レオンが眉根を寄せた。

「待って。本当にそうかな。その決断を下す前に、ローラ姫に何か言われなかった？」

あっと思い出す。確かにそうだ。ローラに入れ替わったのがばれたら結婚が破談になると泣かれたので、身代わりになろうと決めた。彼女が湖の伝説の話を聞いたと言うから、村に行って調べようと思った。でももとに戻れなくて悩んでいたところに、ローラが事故の犯人の話をしたから、入れ替わりと事故が同一人物の犯行ではと思い込んだ。

「わたしを操りましたね……！」

怒りのあまり拳を握りしめると、ローラがにやりとする。

「操られる方が間抜けなんじゃない。特にあなたはやりやすかったわ。馬鹿正直にもほどがあるわよ。今後は気をつけなさい」

高飛車な声だった。一番近くの一番信用していた人物に裏切られて、頭に血が上る。

「入れ替わったまま結婚したとしても、ずっとだまし通せるはずないじゃないですか！」

「そうでもないわ。結婚さえしてしまえば、王族としての体面もあるから、そう簡単には離縁しないわよ。あなたきまじめだから、王女としての生活を結婚式までに教えれば、何とかうまくやるだろうし」

うっと言葉に詰まった。もしもそんな状況になったら、国を守る為だと自分に言い聞かせて王妃の役を演じ続けたかもしれない。

レオンを見上げると、彼も苦虫を噛み潰したような表情だ。

「確かに、結婚してしまえば、そう簡単に離縁できない。王族同士の結婚は何かとやっかいだから」

ローラは得意げな表情になる。

「でしょう。それに私はファーストデンテ国を訪れた事はないから、私の事を詳しく知っている人がいないのも好都合だったわ。ユリアが私のふりをして多少おかしな態度をとっても、お国柄の違いとか、もともとこういう人だって周りに思い込ませればいいし」

「何て自分勝手な……！」

「失礼ね。私は国思いの王女よ。だって、本当なら入れ替わった時点で……というか、政略結婚が決まった時点で、さっさと逃げ出してもよかったの。でもそれではヨルン国が侵略されるかもしれないから、あなたという身代わりを用意して、なおかつ結婚式までにあなたに王女としての振る舞いを教えてから逃げようと思ったくらいだし」

あまりに傍若無人な言い分に呆れていると、ローラが胸を張った。

「ファインは私の言いなりだから、彼と結婚して国を救う手もあったけど、あんな暑苦しい奴とは絶対に嫌だし、レオン王と政略結婚して自由のない王妃生活も嫌。かといって私が結婚しないせいでヨルン国が滅んだら寝覚めが悪いわ。私も国も助かる為に、あなたが犠牲になるしかなかったの。申し訳ないとは思ったから、結婚式まで付き合ってあげたのよ。感謝しなさい」

（どうしてこれだけの事をして、こんなに悪びれないでいられるんだろう……）

怒りを通り越して、呆れてしまう。

口をあんぐり開けて固まっていると、レオンが一歩踏み出した。

「あの崖崩れの陰謀の事は知っていたのか？」

「あれは偶然よ。だけど湖の伝説のせいで入れ替わったのではないとわかるのが早かったから、あの事故の犯人のせいだと思わせられるように、ユリアを誘導したの。結婚式まで私の仕業だとばれなければ何とかなると思って」

「何とかなるわけないでしょう！」

思わず叫んだが、ローラは気にした風はなく微笑んだ。

「それに逃げるのはあなた達の為でもあったのよ。私がいない方が都合がいいでしょ」

「どういう意味ですか？」

「だってあなた達、お互い好きでしょ」

かっと顔が赤くなった。ローラがふふんと笑う。

「〝ローラ姫〟とレオン王が結婚しないと、ヨルン国が危ないでしょ。今回は敵をおびき出す為の偽の結婚式だったけど、このまま私のふりをしてあなた達が結婚式をあげればいいわ。そうしたらヨルン国も平和が保てるし、あなた達はお互い好きな人と結婚できるし、私も自由に生きられる。みんなハッピーじゃない」

呆れた言い分だが、ふとローラにまだ伝えていない事があったと思い出した。

「それなんですが、実はファイン王子が……」

さきほどファインがルクルスの犯した罪の責任をとって、ヨルン国には攻め入らないという念書を父王に書いてもらうと約束してくれた事を話した。ローラが目を瞬かせる。

「それを先に言いなさいよ！　だったらもう結婚しなくてもヨルン国は大丈夫だし、私も他人の体で逃げなくてすむわ。じゃあもとに戻りましょう」

軽い調子で言われて、耳を疑った。

「戻る方法があるんですか？」

身を乗り出すと、ローラは自信ありげに微笑む。

「ええ、二人で一緒にまたあの薬を飲めばいいのよ。そうしたらもとに戻れるわ」

「本当ですか!?　やった……！」

思わず両手で拳を握って振り上げ、歓声を上げた。

「だけど、薬を用意するには条件があるわ」

「なんですか……?」

とんでもない事を言われるのではと身構える。ローラの目はレオンに向けられていた。

「結婚はなしでお願い。結婚する理由もなくなったんだし、いいでしょ。承諾(しょうだく)してくれたら、薬を渡(わた)すわ」

ローラがふふっと意味深に笑う。

「あなたもその方が都合がいいはずよ。妻にしたいのは、私じゃないでしょう?」

レオンはローラの問いには答えず、咳払(せきばら)いする。

「ヨルン国が安全になったいま、結婚はなかった事にしてもいいだろう。でも、もとに戻ったら、ユリアはこの国で私に仕える約束だ。ここまで協力したんだから、その約束は守ってもらう」

ローラが眉根を寄せた。

「もっと甘い言葉で囁(ささや)きなさいよ」

「黙(だま)っていろ」

レオンに一喝(いっかつ)されて、ローラがむっとしつつもようやく口を閉じた。レオンがこちらに顔を向ける。見つめられると、真摯(しんし)な灰褐色(はいかっしょく)の瞳(ひとみ)に吸い込まれそうだ。

「……ユリア、君の価値観に全面的にあわせたいと思っている。だから最初からやりなおさせてほしい。本当の姿の君にもう一度告白させて」

誠意の伝わる言葉だった。気持ちをくんでくれた事が嬉しくて涙が出そうだ。

「はい……」

涙を堪えて微笑んだ。見つめ合ったまま、レオンが腕を広げて抱きしめようとする。

「ストップ！　感動的だけど、それ私の体だから。そういう甘ったるいのはもとに戻ってからにして」

はっとした。ローラが部屋にいるのを一瞬忘れていた。慌てて彼女に向き直る。

自分の姿を正面から見つめるのも、これで最後だろう。

「薬はどこにあるんですか？」

ローラが腰に下げている布袋を取り出す。

「ここよ。肌身離さず、ずっと持っていたの」

色々悩んで、入れ替わった原因を探していたのに、その答えは身近にあったと気づいて、ため息が出た。

（いったい、わたしはいままで何をしていたんだ……）

ローラは唯一の味方だと信じていた。彼女を守らなければと必死だった。

まさかだまされているなんて思ってもみなかった。

「もとに戻りましょう。話はそれからです」

言いたい事は山ほどあるが、ここでもめて薬を渡さないとでも言われたら困る。

ローラがテーブルにあるグラスを二つ用意して、布袋から取り出した粉薬を入れた。

水差しの水を注ぎ、グラスを回して軽く混ぜる。

グラスを両手で二つ持って、一つを差し出した。

「これで戻れるわ」

「本当ですよね？」

いままで散々だまされたので、疑わしくて本音を漏らすと、ローラが苦笑した。

「今更嘘はつかないわ。政略結婚がなしになったんだから、あなたの姿でいるメリットはないし。私ももとに戻って、故郷に帰りたいのよ」

レオンに目を向けると、彼は頷いた。

「今回は信用していいと思う」

覚悟を決めて、ローラからグラスを受け取る。グラスの中の水は、薬が溶けて薄い緑色をしていた。漂ってくる匂いは、あの時馬車で勧められたお茶と同じだった。

(これで、やっともとに戻れるんだ……)

周りに嘘をつかなくてすむし、いつばれるかとひやひやしないですむ。

何より、初めて好きになった人と、本来の自分の姿で正面から向き合う事ができる。

ローラと二人で頷いた。目を瞑って一緒にグラスの中身を飲み干す。

「うっ……！」

体がふわっと浮く感覚があった。しかしそれは一瞬で、すぐに治まる。

こわごわと目を開くと、目の前に金髪巻き毛の麗しい姿があった。

「戻れたのか？」

レオンが心配そうに聞いてくる。答える前に壁にある姿見を見つめた。

顔を触ると、鏡の中の赤毛で緑の瞳のユリアも顔を触っている。

「戻りました！」

胸に手を当てて破顔した。

身長が高くなったせいか、さきほどまでとは部屋の様子が違う気がした。腰上の高さだったテーブルは、腰の下に。見上げていた壁の絵も、いまは正面から見られる。

金色の巻き毛を指でくるくる回したローラが、薄く笑った。

「戻れるって言ったでしょう。さあ、ヨルン国に帰る準備をしなくちゃ。帰ったらさっそくパーティーを開こうっと」

ローラももとに戻れて嬉しそうだ。やはり自分の体はいい。

やっと大きく息ができた気がしてほっとしていると、レオンが前に進み出る。

「ユリア。戻ったばかりですまないが、聞いてくれ」

もとに戻ったら、改めて告白したいと言われた。わかっていたはずなのに、緊張で息が止まりそうになる。心臓はどくどくとすごい勢いで脈打った。

(こういう時、どんな顔をしたらいいんだ。息ができなくて苦しいし、体がめちゃくちゃ強ばっている……!)

混乱していると、彼に両手をそっと握られた。そして目をのぞき込まれる。

「君がす……」

「うわぁぁぁぁ!」

レオンの言葉はまったく耳に入らなかった。総毛立ち、肌がぞわわっとする。

目を瞑ると、ふわっと浮く感じがした。

(これって……!)

慌てて目を開けると、目の前に、レオンに手を握られている自分の姿があった。

目線がまた低くなっている。嫌な予感がして、慌てて壁の姿見に目をやった。

そこには金色の巻き毛のローラの、青ざめた顔が映っている。

「また、入れ替わった……!」

「何だと?」

レオンと、自分の姿をしたローラと交互に目を見合わせる。

「いま、もとに戻ったと言っただろう」

「戻りました。でも、そのすぐあと、また入れ替わったんです。どうして!?」

　自分の体でいられたのはほんの数秒だ。ローラに目を向けると、彼女も困惑していた。

「こんなはず……。あ、もしかしたら……！」

　ローラの呟きで、慌てて彼女に駆け寄った。

「もしかしたら？」

「お母様に魔術書をもらった時、気をつけるよう言われたの。魔力がこもった薬は、使う人の精神状態に効果が左右される時がある。本物の魔術師はそれを踏まえて薬を作れるけど、あなたは修業してないからって」

「つまり、どういう事ですか？」

「私もはっきりとはわからないけど、本物の魔術師ではない私が作った薬は不完全で、飲んだ人間の精神状態が効果に影響するんだと思う。つまり男性恐怖症のあなたの場合、男性に触れられたら、精神状態が乱されて薬の作用に影響が出て、元に戻ったはずなのにまた入れ替わっちゃった……って感じ？」

　ローラが首をひねった。

「そんな不完全な薬をどうして飲ませたりしたんです！」

「だって、いままで魔術書に書いてある薬をいくつか作って試したけど、私には不具合なんて起こらなかったんだもの。あなたが精神状態を乱さなければ、大丈夫だったはずよ。もっと気を強く持ちなさい」

自分の事は棚に上げて他人を責める。

そんな人だとは思っていなかったが、どうやらこれがローラの本性らしい。

「そんな。レオン王とはダンスできるぐらいには慣れてきていたのに……」

「だけど、もともとある男性への嫌悪感は消えてないんでしょう。だからいくら慣れている相手でも男性に触ると不具合が出てしまうんだわ」

レオンがローラと自分の間に進み出た。そしてローラの方を向く。

「待って、最初に薬を飲んで二人は入れ替わった。その時は不具合なんて出なかっただろう。何で今回の薬だけ駄目なんだ？」

「最初の薬といまの薬は、別々に調合したの。同じ材料で同じように作ったつもりだけど、何かがわずかに違っていたんだわ。つまり、今回の薬は完全な失敗作って事よ」

頭を大きな金槌で殴られたような衝撃を受けた。そのままがっくりと項垂れる。

「やっともとに戻れたのに。どうにかできないんですか？」

「そうだ。やっと本当の姿のユリアに告白できると思ったんだぞ。どうにかしてくれ！」

レオンと一緒に詰め寄ると、ローラが腕組みした。

「もう一度薬を飲んだらまたもとに戻れると思うけど、いまの薬が最後の一包だったの。もう一度材料を揃えて作り直すしかないわ。ただ、次も失敗しないとは言い切れないの。駄目だった場合は、いまみたいにもとに戻ってもすぐまた入れ替わっちゃうでしょうね」

思わず脱力してその場にへたり込んだ。

「つまり、完全にもとに戻れるかはわからないって事ですか？」

「戻れるわよ。私がちゃんと薬を完成させられたらね。一度はできたんだから、きっと大丈夫。薬を作り直す間、二人でここにお世話になりましょう」

ローラの提案に驚いて顔を上げる。

「ヨルン国に戻らなくていいんですか？」

「結婚しなくていいなら、もとの姿に戻ってから帰りたいわ。姫としてちやほやされて暮らしていた私に、騎士の生活なんてとても無理だもの。戻れるまではここにいた方がいいと思う。みんな〝ローラ姫〟の事をよく知らないから、入れ替わってもごまかせるし。国王は私達の味方だし」

ローラがふふんと笑ってレオンを見つめた。

「私が味方だとどうして思うんだい？」

レオンはさすがに怒っているのか冷たい目を向けた。ローラが強気な笑みを浮かべる。

「もとに戻ってもらわないと困るのはあなたも同じでしょう。ちゃんと戻れたら告白でも何でもしたらいいけど、ユリアが私の体にいるうちは、変な事をしないでよ。抱きしめるのもキスするのも、ユリアが自分の体に戻ってからにしてちょうだい」

「キ、キスって……」

かっと頰が熱くなって真っ赤になった。頭を抱えていたレオンが一つ息をつく。

「わかった。しばらく滞在を許可するよ。結婚は破談になったのに〝ローラ姫〟が帰らない理由を考えないといけないな」

　ローラがぽんっと手を叩いた。

「そうそう。レオン王、薬の材料集めもお願いね」

「今度こそ、きちんと効果の出る薬を作ってくださいよ！」

　思わず叫んでいた。また周りをだます罪悪感といつばれるかわからない緊張感の中で、気を張って生活しなくてはならない。

　何より、自分の姿になってようやくレオンと向き合う事ができると思ったのに、それが先延ばしにされた事がショックだった。

「そう落ち込まないでよ、ユリア。もとに戻る方法はわかっているんだから、お互いのふりをするのを楽しみましょ」

「輝く笑顔で言われても、その気にはまったくなれません」

「そう言わずに。あなたはよくやってくれたわ。王女としての振る舞いにティーパーティーの準備。前夜祭のダンスに結婚式に、命を狙ってきた犯人を捕まえる手伝いまでした。あなたがヨルン国を救ったのよ。ありがとう」

　そんな言葉が聞けると思わなかった。嘘はつくし人はだますし変な薬を飲ませるしと、人格を疑うような事ばかりしていたのに急にどうしたのかと訝しむ。ローラが苦笑した。

「私は王女としてヨルン国を大事に思っているのよ。だから入れ替わりなんて面倒な事を仕組んで、私も国も助かる方法を考えたんだから。でもあなたになってみて考えが少し変わったわ。あなたのふりをして、一緒に来た兵士や侍女達とも話をしたんだけど、みんなヨルン国を救おうと必死だった」

ローラが珍しく真剣な顔つきになった。

「あなただってそう。自分をなげうってでも、国を守ろうとしている人達を目の当たりにして、さすがの私も少しは罪悪感に苛まれたのよね。逃げるつもりだったけど、卑怯だなって自覚はあったのよ。だからもとに戻れる事になって、嬉しかったわ。今度はちゃんと王女として国の為に尽くせるように、私なりに頑張ってみようかな～なんて思ったの」

こんな事を言うなんて思っていなくて目を瞬かせた。ローラが肩を竦める。

「いまなら、入れ替わったのがあなたでよかったと心から言えるわ。悪いんだけど、もうしばらくは私のふりをお願いね」

殊勝な言葉をそのまま受け取っていいものかと悩む。

ローラとはできたら二度と関わりたくないというのが本音だ。

それでも彼女の天真爛漫な笑みを見ていると、自分でも意外だが嫌いにはなれない。

「わかりました。薬ができるまでの間だけなら、ローラ姫のふりをします」

「早くもとに戻る為にも、材料集めを素早くお願いね。レオン王」

ローラと一緒にレオンに顔を向けた。そして頭を下げる。

「ご迷惑をおかけしてすみません。材料集めを、よろしくお願いします」

「ユリア、君の為なら喜んで」

微笑んだレオンの顔は、優しそうで温かい。まだこの状況が続くとわかって、もちろん落ち込んでいる。事故にあってからローラとして城で暮らし、大変な事ばかりだった。でもよかった事もある。ローラになったおかげでヨルン国を救う手助けができた。

(入れ替わったおかげで、父さんとの約束が果たせたんだ)

そう思うと、ローラに薬を盛られた事も許せる気がした。

それに……と、レオンを見上げる。彼に見つめられると、気恥ずかしさと嬉しさと喜びで胸がいっぱいになる。

体が入れ替わるなんてとんでもない状況でなければ、彼と話をする事も難しかった。

ローラになれたおかげで、自分にも恋ができるのだとわかったのだ。

まだまだ複雑な状況は続きそうだが、生まれたばかりのこの恋を大事に育てていきたい。

ユリアはそう思った。

あとがき

こんにちは。伊藤たつきです。

お久しぶりの新刊です。大好きなテーマで書かせてもらえて楽しかったです。

好きすぎてあれもこれも書きたいと欲張り、迷走したりもしたんですが、担当さんのお導きのおかげで一番書きたかったお話を読者さんにお届けできました！

イラストを描いてくださった蓮本リョウ先生。カバーイラストが透明感があって素敵すぎて感動しました。ありがとうございました！

読んでくださった方には最大級の感謝を捧げます。

いまは新型コロナウィルスのせいでなかなか先が見えない世の中ですが、このお話を読んで少しでも楽しい気持ちになってくださる方がいらっしゃるといいなと願っています。

それではまた、お会いできる事を願って。

伊藤たつき

「きまじめ令嬢ですが、王女様(仮)になりまして!? 訳アリ花嫁の憂うつな災難」の感想をお寄せください。
おたよりのあて先
〒102-8177 東京都千代田区富士見2-13-3
株式会社KADOKAWA 角川ビーンズ文庫編集部気付
「伊藤たつき」先生・「蓮本リョウ」先生
また、編集部へのご意見ご希望は、同じ住所で「ビーンズ文庫編集部」
までお寄せください。

きまじめ令嬢(れいじょう)ですが、王女様(おうじょさま)(仮(かり))になりまして!?

訳(わけ)アリ花嫁(はなよめ)の憂(ゆう)うつな災難(さいなん)

伊藤(いとう)たつき

角川ビーンズ文庫 23082

令和4年3月1日 初版発行

発行者――――青柳昌行
発　行――――株式会社KADOKAWA
〒102-8177 東京都千代田区富士見2-13-3
電話 0570-002-301(ナビダイヤル)
印刷所――――株式会社暁印刷
製本所――――本間製本株式会社
装幀者――――micro fish

●お問い合わせ
https://www.kadokawa.co.jp/ (「お問い合わせ」へお進みください)
※内容によっては、お答えできない場合があります。
※サポートは日本国内のみとさせていただきます。
※Japanese text only

ISBN978-4-04-112322-5C0193 定価はカバーに表示してあります。 ◇◇◇